黑骏马

〇单行本

张承志/著

青海出版传媒集团
青海人民出版社

图书在版编目（CIP）数据

黑骏马 / 张承志著 . -- 西宁 : 青海人民出版社，2018.6（2025 .7 重印 ）
ISBN 978-7-225-05585-5

Ⅰ . ①黑… Ⅱ . ①张… Ⅲ . ①中篇小说—中国—当代 Ⅳ . ① I247.5

中国版本图书馆 CIP 数据核字（2018）第 130742 号

黑骏马

张承志　著

出 版 人　樊原成
出版发行　青海人民出版社有限责任公司
西宁市五四西路 71 号　邮政编码：810023　电话：（0971）6143426（总编室）
发行热线　（0971）6143516 / 6137730
网　　址　http://www.qhrmcbs.com
印　　刷　青海新宏铭印业有限公司
经　　销　新华书店
开　　本　890 mm × 1240 mm　1/32
印　　张　4.375
字　　数　80 千
版　　次　2018 年 9 月第 1 版　2025年 7 月第 6 次印刷
书　　号　ISBN 978-7-225-05585-5
定　　价　28.00元

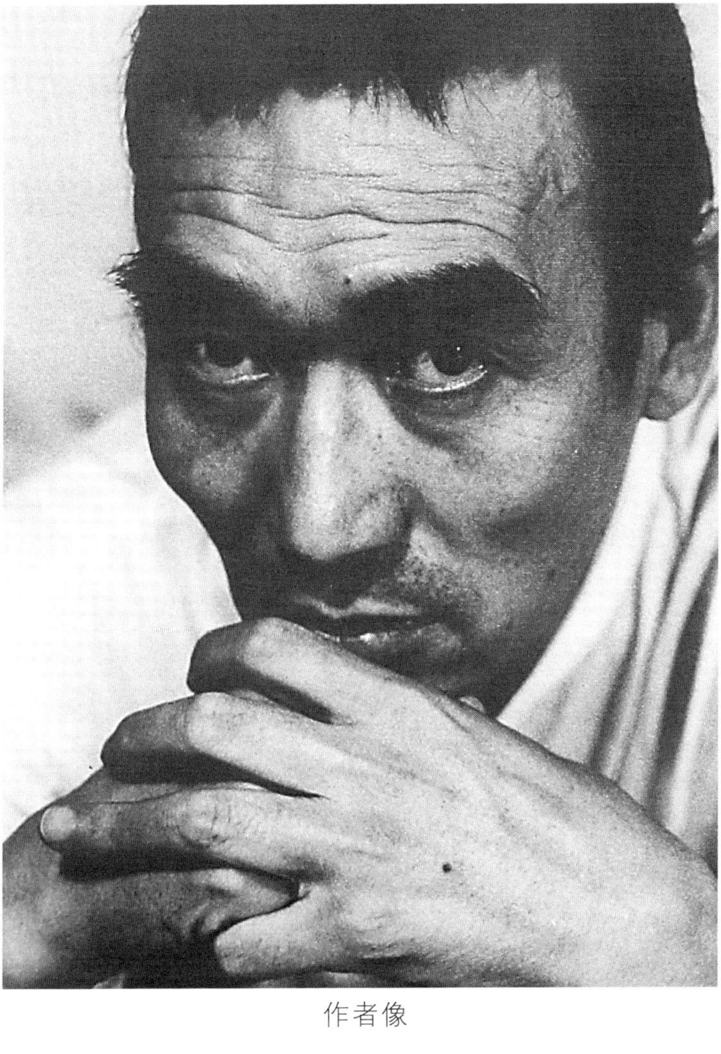

作者像

也许应当归咎于那些流传太广的牧歌吧，我常发现人们有着一种误解。他们总认为，草原只是一个罗曼蒂克的摇篮。每当他们听说我来自那样一个世界时，就会流露出一种好奇的神色。我能从那种神色中立即读到诸如白云、鲜花、姑娘和醇酒等诱人的字眼儿。看来，这些朋友很难体味那些歌子传达的一种心绪，一种作为牧人心理基本素质的心绪。

辽阔的大草原上，茫茫草海中有一骑在踽踽独行。炎炎的烈日烘烤着他，他一连几天在静默中颠簸。大自然蒸腾着浓烈呛人的草味儿，但他已习以为常。他双眉紧锁，肤色黧黑，他在细细地回忆往事，思念亲人，咀嚼艰难的生活。他淡漠地忍受着缺憾、歉疚和内心的创痛，迎着舒缓起伏的草原，一言不发地、默默地走着。一丝难以捕捉的心绪从他胸中飘浮出来，轻盈地、低低地在他的马儿前后盘旋。这是一种莫名的、连他自己也未曾发觉的心绪。

这心绪不会被理睬或抚慰。天地之间，古来只有这片被严寒酷暑轮番改造了无数个世纪的一派青草。于是，人们变得粗犷强悍，心底的一切都被那冷冷的、男性的面容挡住。如果没有烈性酒或是什么特殊的东西来摧毁这道防线，并释放出人们柔软的那部分天性的话——你永远休想突破彼此的隔膜而去深入一个歪骑着马的男人的心。

不过，灵性是真实存在的。在骑手们心底积压太久的那丝心绪，已经悄然上升。它徘徊着，化成一种旋律，一种抒发不尽、描写不完，而又简朴不过的滋味，一种独特的灵性。这灵性没有声音，却带着似乎命定的音乐感——包括低缓的节奏、生活般周而复始的旋律，以及或绿或蓝的色彩。那些沉默了太久的骑马人，不觉之间在这灵性的催动和包围中哼起来了。他们开始诉说自己的心事，卸下心灵的重荷。

相信我，这就是蒙古民歌的起源。

高亢悲怆的长调响起来了，它叩击着大地的胸膛，冲撞着低巡的流云。在强烈扭曲的、疾飞向上和低哑呻吟的节拍上，新的一句在追赶着前一句的回声。草原如同注入了血液，万物都有了新的内容。那歌子激越起来了，它尽情尽意地向遥远的天际传去。

歌手骑着的马走着，听着。只有它在点着头，默默地向主人表示同情。有时人的泪珠会噗地溅在马儿的秀鬃上：歌手找到了知音。就这样，几乎所有年深日久的古歌就都有了一个骏马的名字：《修长的青马》《紫红快马》《铁青马》等等，等等。

古歌《钢嘎·哈拉》——《黑骏马》就是这无数之中的一首。我第一次听到它的旋律还是在孩提时代。记得当时我呆住了，双手垂下，在草地里静静地站着，一直等到那歌声在风中消逝。我觉得心里充满了一种亲切感。后来，随着我的长大成人，不觉之间我对它有了偏爱，虽然我远未将它心领神会。即便现在，我也不敢说自己已经理解了它那几行平淡至极的歌词。这是一首什么歌呢？也许，它可以算一首描写爱情的歌？

后来，当我遇到一位据说是思想深刻的作家时，便把这个问题向他请教。他解释说："很简单。那不过是未开的童心被强大的人性的一次冲击。其实，这首歌尽管堪称质朴无华，但并没有很强的感染力。"我怀疑地问："那么，它为什么能自古流传呢？而且，为什么我总觉得它在我心头徘徊呢？"他笑了，宽厚地捏捏我的粗胳臂："因为你已经成熟。明白吗？白音宝力格，那是因为爱情本身的优美。她，在吸引着你。”

我哪里想到，很久以后，我居然不是唱，而是亲身把这首古歌重复了一遍！

当我把深埋在草丛里的头抬起来，凝望着蓝空，聆听着云层间和草梢上掠过的那低哑歌句，在静谧中寻找那看不见的灵性时，我渐渐感到，那些过于激昂和辽远的尾音，那此世难逢的感伤，那古朴的悲剧故事；还有，那深沉而挚切的爱情，都不过是一些倚托或框架。或者说，都只是那灵性赖以音乐化的色彩和调子。而那古歌内在的真正灵魂却要隐蔽得多，复杂得多。就是它，世世代代地给我们的祖先和我们以铭心的感受，却又永远不让我们有彻底体味它的可能。我出神地凝望着那歌声逝入的长天，一个鸣叫着的雁阵掠过，打断了我的求索。我想起那位为我崇拜许久的作家，第一次感到名人的肤浅……

哦，现在，该重新把这个问题提出来了。我想问问自己，也问问人们，问问那些从未见过面、却又和我心心相印的朋友们：《黑骏马》究竟是一首歌唱什么的歌子呢？这首古歌为什么能这样从远古唱到今天呢？

1

漂亮善跑的——我的黑骏马哟

拴在那门外——那榆木的车上

在远离神圣的古时会盟敖包和母亲湖、锡林河的荒僻草地深处，你能看到一条名叫伯勒根的明净小河。牧人们笑谑地解释说，也许是哪位大嫂子在这里出了名，所以河水就得到这样有趣的名字。然而我曾经听白发的奶奶亲口说过：伯勒根，远在我们蒙古人的祖先还没有游牧到这儿时，已经是出嫁姑娘“给了”那异姓的婆家，和送行的父母分手的一道小河。伯勒根：现代蒙语中的含义是“嫂子”。但我们有证据认为它是一个突厥词源的借词。它是一个名词化的形动词，词根是“给”。

我骑着马哗哗地蹚着流水，马儿自顾自地停下来，在清澈的中流埋头长饮。我抬起头来，顾盼着四周熟悉又陌生的景色。二十年啦，伯勒根小河依旧如故。记得我第一次来到这里时，父亲曾按着我的脑袋，吆喝说：“喂，趴下去！

小牛犊子。喝几口,这是草原家乡的水呵!”

前不久,我陪同畜牧厅规划处的几位专家来这一带调查仔畜价格问题,当我专程赶到邻旗人民委员会探望父亲时,他不知为什么又对我发了火:“哼!陪专家?当翻译?哼!牛犊子,你别以为现在就可以不挨我的鞭子……你应当滚到伯勒根河的芦苇丛里去,在河水里泡上三天三夜,洗掉你这股大翻译、大干部的臭味儿再来看我!”

父亲,难道你认为,只有你们才对草原怀着诚挚的爱么?别忘了,经历不能替代,人人都在生活……

河湾里和湿润的草地上密密地丛生着绒花雪白的芦荻。大雁在高空鸣叫着,排着变幻不定的队列。穿行在苇墙里的骑手有时简直无法前进:刚刚降落的雁群吵嚷着、欢叫着,用翅膀扑楞楞地拍溅着浪花,芦苇被挤得哗哗乱响。大雁们在忙着安顿一个温暖的窠,它们是不会理睬自然界中那些思虑重重的人的。

我催马踏上了陡峭的河岸,熟悉的景物映入眼帘。这就是我曾生活过的摇篮,我阔别日久的草原。父亲——他一听到我准备来这里看望就熄了怒火,可他根本不理解我重返故乡的心境……哦,故乡,你像梦境里一样青绿迷蒙。你可知道,你给那些弃你远去的人带来过怎样的痛苦么?

左侧山冈上有一群散开的羊在吃草,我远远看见,那牧羊人正歪在草地上晒太阳。我朝他驰去。

“呃，不认识的朋友，你好!呃……好漂亮的黑马哟！”他乜斜着眼睛，瞟着我的黑马。

“您好。这马么，跑得还不坏——是公社借给我的。”我随口应酬着。

“呃，当然是公社借你的——我认识它。嗯，这是钢嘎·哈拉。错不了。去年它在赛马会上跑第一的时候，我曾经远远地看过它一眼。所以，错不了。公社把最有名的钢嘎·哈拉借给你啦？”

钢嘎·哈拉?！像是一个炸雷在我眼前轰响，我双眼昏眩，骑坐不稳，险些栽下马来。但我还是沉住了气：“您的羊群已经上膘啦，大哥。”我说着下了马，坐在他旁边，递给他一支烟。

哦，钢嘎·哈拉……我注视着这匹骨架高大、脚踝细直、宽宽的前胸凸隆着块块肌腱的黑马。阳光下，它的毛皮像黑缎子一样闪闪发光。我的小黑马驹，我的黑骏马！我默默地呼唤着它。我怎么认不出你了呢？这个牧羊人仅仅望过你一眼，就如同刀刻一样把你留在他的记忆里。而我呢，你是知道的，当你作为一个生命刚刚来到这个世界上时，也许只有我曾对你怀有过那么热烈的希望。是我给你取了这个骄傲的名字：钢嘎·哈拉。你看，十四年过去了。时光像草原上的风，消失在比淡蓝的远山和伯勒根河源更远的大地尽头。它拂面而过，逝而不返，只在人心上留下一丝令人神伤的感触。我一去九年，从牧人变成了畜牧厅的科学工作者；你呢，成了名扬远近的骏马之星。你好吗？我的小伙伴？你在嗅着我，你在舐着我的衣襟。你像这个牧羊人一样眼光敏锐，你认出了我。那么——你能告诉我，她在哪里吗？我同她别后就两无音讯，你就是这时光的证明。你该明白我是多么惦念着她，因为我深知她前途的泥泞。你在摇头？你在点头？她——索米娅在哪儿呢？

“呃，抽烟。”牧羊人递给我一支他的烟。

“好好。哦……晒晒太阳真舒服！大哥，你是伯勒根生产队的人么？”我问。

“不是。不过，我们住得很近。”

……那时，父亲在这个公社当社长。他把我驮在马鞍后面，来到奶奶家。

“额吉！”他嚷着，“这不，我把白音宝力格交给你啦。他住在公社镇子里已经越学越坏。最近，居然偷武装部的枪玩，把天花板打了一个大洞！我哪有时间管他呢？整天在牧业队跑。”

白头发的奶奶高兴得笑眯了眼。她扔给父亲一个牛皮酒壶，然后亲热地把我揽进怀里，啧的一声在我额上亲了一下。亲得头皮那儿水滑滑的。我使劲挣出她油腻的怀抱，但又不敢坐在父亲身边，于是慢慢蹭到一个在一旁文静地喝茶的、黑眼睛的小姑娘旁边。她望望我，我望望她；她笑了，我也笑了。

“你叫什么名字？”我打听道。

“索米娅。你是叫白音宝力格吗？”她的嗓音甜甜的，挺好听。

父亲喝足了奶酒，微醉地扶着我的肩头，走到外面去抓马。盛夏的草地湿乎乎的，露水珠儿在草尖上沾挂着，闪着一层迷蒙晶莹的微光。我快活地跑着，捉住父亲的铁青走马，使劲解着皮马绊。

“白音宝力格！”父亲一把扳过我的肩头。我看见他满腮的黑胡子在抖着。“孩子，从你母亲死掉那天，我就一直想找到这样一个人家……你该知道我有多忙。在这儿长大吧，就像你爷爷和父亲一样。好好干，小牛犊。额吉家没有男子汉，得靠你啦。要像那些骑马的男人一样！懂么？”

“骑马？”我向往地问，“我会有自己的马吗？”

父亲不以为然地答道：“当然。可是要紧的是，你不能在公社镇上变成个小流氓。”

这样，我成了一个帐篷里的孩子。我学会了拾粪，捉牛犊，轰赶春季里的带羔羊；学会了套上犍牛去芨芨草丛里的井台上拖水；学会了用自己粗制滥造的小马杆套羯羊和当年的马驹子。我和索米娅同岁，都是羊年生的，也都是白发奶奶的宝贝。我们俩一块干活儿，也一块在小学里念过三年蒙文和算术；夏天在正式的学校里，冬天则在民办教师的毡包里。她喊我“巴帕”；我呢，有时喊她“沙娜”，有时喊她 “吉伽”——至今我也不明白草原小孩怎么会制造出那么多奇怪的称呼来，这些称呼可能会使研究亲属称谓的民族学家大费脑筋吧。

草原那么大、那么美和那么使人玩得痛快。它拥抱着我，融化着我，使我习惯了它并且离不开它。父亲骑着铁青走马下乡时，常常来看我，但我已经不愿缠他。只要包门外响起牛犊偷吃粮食或是狗撞翻木桶的声音，我就立即丢开父亲，撞开门出去教训它们。有时父亲正在朝我大发指示，我听见索米娅在门外吆牛套车，也立即就冲了出去。

当我神气活现地骑在牛背上，架着木轮车朝远处的水井进发的时候，回头一望，一个骑铁青马的人正孤零零地从我们家离开。不知怎么，我心里升起一种战胜父亲尊严的自豪感。我已经用不着他来对我发号施令了。在这片青青的、可爱的原野上，我已经是个独当一面的男子汉。我望望索米娅，她正小心翼翼地坐在大木缸上，信赖而折服地注视着我。我威风凛凛地挺直身子，顺手给了犍牛一鞭。蓝翅膀的燕子在牛头前面纷纷闪开，粗直的芨芨草在车轮下叭叭地折断。我心满意足地驱车前进，时时扯开嗓子，吼上一两句歌子。

十四年前是羊年：我和索米娅都十三岁了。

十三岁是蒙古儿童第一次得到众人礼遇的年头。过年的时候，奶奶给我和索米娅都穿上用牛粪烟熏得鲜黄的、花边鲜艳的新皮袍。我们套上牛车到处去串门。因为是我们的本命年，所以牧人们照规矩送给我们各式各样的礼物。索米娅高兴地数着自己的礼物，一个个地翻看着那些月饼、花手巾、瓷茶碗。而我，却不免开始有了一丝感慨：在这样重要的节日，我居然和女人家一样，赶着牛车去串门；而其他有畜群人家的孩子，却神气地跨着剪齐鬃毛的高头大马，随着大人的马队，在飞扬的雪雾中吆喊着，从一个蒙古包驰向另一个蒙古包。唉！我什么时候才能有匹马呢？

索米娅安慰我说："别急，会有的。奶奶说，过两年，我们向队里要一群牛放。那时你就有整整五匹乘马啦。"

"哼！两年！"我愤愤地朝她喊道，"可是这两年里怎么办？"

没想到，事情变化得那么快。

春天，热清明前几天的一个夜里，刮了一场天昏地暗的风雪。整夜我们都缩在皮被里，挤在奶奶身边，倾听着嗷嗷的风吼声、包顶咔咔的摇晃声和分辨不清的马群的驰骤。奶奶不安地拖长了声说："唔，马群被风雪抓跑啦……唔，怀驹的骒马要死啦……"

第二天清晨，奇迹出现了！

我和索米娅使劲推开被雪封住的木门后，突然看见，在我们包门外站着一匹漆黑漆黑的马驹子。远处依然在刮着白毛风的雪坡上，隐隐可以望见一匹黑骒马的僵尸。

我们惊叫着，又牵又抱地把马驹拉进了包内。它害怕地睁着泪汪汪的眼睛，四肢弯曲着，靠着毡墙打颤。炉火烤化了它身上冻硬的毛片，愈发显得漆黑闪亮。

奶奶连腰带都顾不上系了，她颤巍巍地搂住马驹，用自己的袖子揩干它的身体，然后把袍子解开，紧紧地把小马驹搂在怀里。她一下下亲着露在她袍襟外面的马驹的脑门儿，絮叨叨地说着一套又一套的迷信话。她说，这黑马驹很可能是神打发来的。因为白音宝力格已经到了骑马的年龄。白音宝力格是好孩子，是神给她的男孩，所以神应该记着给白音宝力格一匹好马。如果不是这样，有谁见过骒马在风雪中产驹冻死，而一口奶还没吃的马驹子反而能从山坡上走下来，躲到蒙古包门口呢？她还说，她一辈子见过多少马驹子，可是没见过这么漂亮的。看来，把这马驹子养活喂大，是神打发她这把老骨头这辈子干的最后一件事啦……

我和索米娅听得入了迷。我们完全被奶奶的思想征服了。后来，我们看到她在用红布块给黑马驹缝护身符时，我们都忘了老师教过我们的、要反对迷信的教导。

晚雪尚未化净，山野还是一片斑驳。每天，黑马驹喝了一小桶牛奶以后，常在柔软的草地上挺直脖颈，轻轻跃起，又缓缓卧下，久久地凝望着山峦和流云。我和索米娅在山坡上拾粪回来时，总喜欢鼓起腮，尖尖地打个唿哨；或者拖长声音喊一声“嗬——依——”黑马驹会像灵巧的兔子一样，蹦蹦跳跳地躲闪着它害怕的马莲草丛和牛粪堆，用那让人心疼又美丽无比的步法飞一般朝我们奔来。我们则扔下筐，帮它把弄脏的黑皮毛擦净，把歪了的红布护身符挂正，把我们省下来的月饼块、红糖、油果子，一块块地喂给它吃。远处，奶奶飘着一头银发，勤奋地忙碌着，挤奶、拴牛犊，像是为着一项神圣的使命。我们当然不让它在外面过夜，晚上总是用软羊毛绳把它拴在包里的炉火旁。小马驹加入了我们的家，我们四个愉快地生活着，享受着它给我们带来的无限乐趣。

一天，我们正在逗黑马驹玩呢，蹲在乳牛脚旁的奶奶突然来了兴致。她一面挤着奶，一面哼起了一支歌子，那就是《钢嘎·哈拉》——《黑骏马》。钢嘎·哈拉:蒙古语,漂亮黑马;黑骏马。

奶奶旁若无人地干着活儿,唱着。她挤完奶,又把豆饼掰成小块,放进木食槽里,挨个地牵过乳牛和牛犊。她唱着、教训着贪嘴的牛:“漂亮的善跑的——黑骏马,嗬哟……滚开!白鼻子!还吃不够么!——拴在……那榆木的车上,嗬哟……”

奶奶在情在意地唱着。没料到,她还是一个歌手呢!在她拖出婉转的长长的尾音时,她的嗓音嘶哑而高亢,似乎她能随便唱出很难唱的花音。也许是我以前听惯了学校教的那些节奏欢快的儿童歌曲吧,这朴直古老的《黑骏马》,使我觉得那么新奇。索米娅和我对着,连气也不敢出,呆呆地听着奶奶自我陶醉的吟唱。奶奶唱的是一个哥哥骑着一匹美丽绝伦的黑骏马,跋涉着迢迢的路程,穿越了茫茫的草原,去寻找他的妹妹的故事。她总是在一个曲折无穷的尾腔上咏叹不已,直到把我们折磨够了才简单地用一两个词告诉我们这一步寻找的结果。那骑手哥哥一次次地总是找不到久别的妹妹，连我们在一旁听着都为他心急如焚。哦,这是多么新鲜,多么动人的歌啊,它像一道清清的雪水溪,像一阵吹得人身透明的风,浸漫过我的肌肤,轻抚着我的心……我失神地默立在草地上，握紧拳头听着。神妙的曲调在我心灵中唤起的阵阵感动，渐渐地化成一匹浑身宛如黑缎的、昂首长嘶的骏马。这匹黑马的一举足一甩鬃都在我脑海里印下了那么深、那么逼真的印象。

歌子唱完了。我醒过来。索米娅正搂着黑马驹的脖子，不出声地流着泪。我大喊道:“喂,沙娜！我要给这匹马取一个响亮的名字！你知道吗,它就是奶奶唱的那黑马的儿子。我要叫它‘钢嘎·哈拉’！它一定会成为一匹真正的快马。嘿,多棒的名字:黑骏马……我要骑着它去追那些讨厌的老牛。我,我要骑着它走遍乌珠穆沁,走遍锡林高勒,走遍整个草原！”

索米娅惊讶地看着我，她说:“当然啦，它会是一匹黑骏马。你看，它刚生下来就有本事穿过风雪跑到咱们家门口……可是,巴帕,”她闪着黑黑的眼睛盯着我,“嗯,等你真的走遍了锡林高勒和全部草原以后，你会像奶奶唱的那样,骑着你的钢嘎·哈拉回到这里,来看看我吗？”

“当然！”我毫不迟疑地回答。

“喂！喂！”牧羊人推了我一把,“你怎么,生病了吗？朋友,你的气色很不好！”

我猛然一惊,“噢,没什么,”我回答说,“天气真暖和。”随即,我站起来,拉过钢嘎·哈拉。

2

善良心好的——我的妹妹哟
嫁到了山外——那遥远的地方

十四年光阴如流水。钢嘎·哈拉已经显得骨骼粗大，不再像以前那样修长苗条。它的胸脯虽然显得更加宽厚结实，可是作为一匹在赛会上与精选的好马争一步之短长的骏马来说，它的黄金时光已近结束。就像我们已经成人立业，步入坚实的中年，结束了那充满激动和幻想的青春年华一样。

牧羊人和我并马走着。他显然觉得独自陪伴羊群很无聊，乐意陪我走几步，消磨时间。

伯勒根小河在这里缓缓地绕了一个巨大的半圆。当马儿登上唔伽·古塔尔的阪道，走上山坡时，我看见蓝玻璃般的河水静静地嵌入浓暗的绿草，在远远的大地上划出我的故乡和邻队的界限。望着河湾里影绰可辨的星点毡包，我不觉带住了钢嘎·哈拉的嚼子。故乡——我默念着这个词。

故乡，我的摇篮，我的爱情，我的母亲！河滩右侧的山冈下，那黄石头垒成的牛圈依然如故。在青格尔敖包和曼卡泰·海勒罕之间的狭长山谷里，还是蓝幽幽地开满着马莲花。哦，在这块对我来说是那么熟识、那么亲切的草原上，掩埋着我童年的幸福和青春的欢乐，也掩埋着我和索米娅的美好的爱情……

我离开她整整九年。我曾经那样愤慨和暴躁地离她而去，因为我认为自己要循着一条纯洁的理想之路走向明天。像许多年轻的朋友一样，我们总是在举手之间便轻易地割舍了历史，选择了新途。我们总是在现实的痛击下身心交瘁之际，才顾上抱恨前科。我们总是在永远失去以后，才想起去珍惜往日曾挥霍和厌倦的一切，包括故乡，包括友谊，也包括自己的过去。九年了，那匹刚进五岁的、宽胸细腰的黑马，真的成了夺标常胜的钢嘎·哈拉。而你呢？白音宝力格，你得到了什么呢？是事业的建树，还是人生的真谛？在喧嚣的气浪中拥挤；刻板枯燥的公文；无止无休的会议；数不清的人与人的摩擦；一步步逼人就范的关系门路。或者，在伯勒根草原的语言无法翻译的沙龙里，看看真正文明的生活？观察那些痛恨特权的人也在心安理得地享受特权？听那些准备移居加拿大或美国的朋友大谈民族的振兴？

而索米娅如今又怎么样呢？远处那星星点点的毡帐，哪一座才是她的家呢？

“呃，羊群远啦。老弟，再见吧。”牧羊人打个哈欠，扯开了马头。

“等等！大哥，”我拦住他。“请指给我，哪个是索米娅和她奶奶的蒙古包？要知道……”

他眯着眼睛想了一阵。“噢——你说的是伯勒根的白发额吉呀！她家已经不在啦。”

“怎么？不在了？”我急了。

“呃，老人早死了，那姑娘嫁了人。”想了想，他又说：“嫁到白音乌拉——很远的地方去啦。”

说罢，牧羊人纵马朝背后的羊群驰去。

暮色已经降临，西方半个天空斜斜地布着暗蓝色的条云。正将沉没的残阳把那厚重的云层底部烧得蓝里透红。暮霭轻轻飘荡，和远方盆地里的晚炊融成一片。我骑着钢嘎·哈拉，向罩着蓝红色晚霞的西方走着，水一样清凉的风扑入心里，我周身发冷。我心情沉重而坚决地朝西走着，像古代骑手走向自己的末日一样。

在分开伯勒根河流域和外部草原的那条峥嵘的山谷里，我追上了快要逝尽的落霞。这儿是一条人迹罕至的山沟。自古以来，畜群从不来这儿吃草，人家也不靠近这儿居住。如果细细察看的话，可以看见，那高得齐腰的幽深野草中有一簇簇白得晃眼的东西。那就是一代代长辞我们而去的牧人的白骨。他们降生在这草中，辛劳在这草中，从这草中寻求到了幸福和快乐，最后又把自己失去灵魂的躯体还给这片青草。我亲爱的银发额吉，同时给了我以母爱和老人之爱的奶奶，一定也天葬在这里。

她把我从小抚养成人，而我却在羽毛丰满时，就弃她远去，一去不返。我不知道在她死去的时候，她是否想到过我；我只明白，这件送葬老人的事情，本来应当是由我，由她唯一的男孩子来承当的……额吉，饶恕我。你不肖的孙子在为你祈祝安息。

夜幕四合。

傍晚时已高悬半空的那弯镰月，此刻显得银光照人。我勒紧马肚带，整理了一下鞍鞯。在上马之前，我默默地单膝跪下，双手拔起一束野草，向这哺育过我的伯勒根草原告别。奶奶已溘然长逝，索米娅又远嫁异乡，我和这片青青草原之间维系的血脉断了。

我跨上马。突然，钢嘎·哈拉猛地竖起前蹄，在空中转了半周，然后用立着的两条后腿一蹬，嗖地冲了出去。正前方，是白音乌拉大山的依稀远影。

哦，白音乌拉，索米娅远嫁的地方！钢嘎·哈拉已经决定我们立刻去看她。我不能再做迟到的悔恨者。也许，我的沙娜正在生活的旋流中呼喊着我，等着我向她伸出救援的手……

索米娅，我来了。黑骏马像箭一样笔直地朝着朦胧的白音乌拉大山飞驰。宁静的夜激动了……

尽管我一本正经地给黑马驹命名为“钢嘎·哈拉”，而且弄得全牧业队的男女老幼都习惯了这样称呼它，但我倒并没有像索米娅那样常常哼着《黑骏马》。对我来说，那支歌子毕竟还是古怪了一些。那时被我喜爱的歌子是《阿洛淖尔》，一支简单明快的骏马赞歌。因为在《阿洛淖尔》里，叙述了一匹神马从一岁开始，到两岁，到长成熟的种种奇迹和本事。一直到“在达赖喇嘛的赛会上，它七十三次跑第一”那样的总结。从黑马驹降临的那个可庆幸的春天开始，我差不多整整一年反复哼着“还是一岁驹哟，你就备上鞍。”等到第二年，它的大脑袋刚刚显得小了点，小沙狐般的短尾巴刚刚能甩上几甩，我就眼巴巴地盼它长大，盼它超过全公社的千万马群。那时，我简直是发急地对它唱着：“刚是两岁马哟，你就像飞箭 。”有时，早晨在迷糊中被奶奶或索米娅推醒，我揉着发黏的眼皮，打着哈欠。直到端起奶茶碗，还没有清醒过来，只是觉得该说点儿什么。一张口,“两岁马哟……像飞箭!”

奶奶笑了。索米娅也格格地笑了。

第三个春天——奶奶从棚车深处找出一盘破碎的鞍子,央求附近的牧民修理。她说,这是索米娅的父亲留下的。自他死后,这个只有女人的家里就没人用它。而现在该收拾齐整啦。钢嘎·哈拉已经成为三岁马,很快就要调教出来。白音宝力格也过了十五岁,是男子汉啦。

十五岁是儿童和青年的分界,对早熟的草原少年更是如此。那时,我正一心钻研畜牧业机械和兽医技术,索米娅则在给邻居家的羊群守夜。我早已不再傻乎乎地把半句《阿洛淖尔》哼个没完了,那时我寡言少语,喜欢思索。父亲来看我时已很少耍威风,因为我常常正在安静地读一本图文并茂的《怎样经营牧业》,或者是赤着上身在用镐头刨着圈里的羊粪砖——我的汗水淋淋的两臂肌肉发达,他看看就会明白:白音宝力格已经成人了。

那天天气晴朗,是春季里的一个好天。我束紧腰带,走到草地上,解下钢嘎·哈拉的马绊。昨天晚上我们商量过:如果天气好,就正式给马备上鞍,把它调教出来。

索米娅朝我跑来。可能因为天热的缘故吧,也可能是为了帮我调马,她脱去了臃肿的皮袍子,穿着一件奶奶穿旧的、显得很小很窄的旱獭皮薄袍。她气喘吁吁地跑来,阳光直射着她的脸。她抬起手臂擦着汗珠，紧束着的腰带立即勒出了她躯体的曲线。刹那时，我的心动了一下：呵……我说不出心里的滋味儿，只觉得跑来的好像不是那个和我耳鬓厮磨地一块儿生活了六七年的沙娜了。沙娜——那个为我熟悉的小索米娅是多么小、多么胖乎乎，眼睛眯得是多么可笑呵，而差几步就要跑到我面前的，却分明一个颀长、健壮、曲线分明、在阳光下向我射出异彩的姑娘。

“巴帕，真的今天就骑么？嘿，真高兴！”她的大眼睛闪着喜悦的光。以前她也常为些小事兴高采烈的，但那时从来没有这样一种奇怪的味道。我的心绪乱了，不知为什么生起气来。我暴躁地把皮马绊摔到地上，粗声吆喝她：“喂，收好马绊子！”接着我揪紧马鬃，跃上了马背。

钢嘎·哈拉挣咬着旋转起来。索米娅高喊着：“骑稳，巴帕！”她的声音也完全不像从前那样甜甜的，而是那么圆润，扰得人心神不安。我朝她吼道：“别乱嚷！”随即松松马缰，黑马立即发疯般又踢又跳起来。

晚春的三岁马没有多大劲儿。傍晚时，钢嘎·哈拉已经学会在马鞭子的拨弄下，忽左忽右地顺路小跑了。我下了马，把它绊好放开，让它去啃刚冒芽的绿草尖。

已经融得一片斑驳的残雪，在渐渐黯淡的天色里显得白亮亮的。露出去年枯草的土地，在薄暮中颜色很黑。凉风阵阵拂过，使山坳里的积雪、袅袅的炊烟和整个春牧场都涂上了一分纯净的青色。我和索米娅抱着鞍鞯鞭绊，吱吱地踩着含水很多的雪地朝家走去。索米娅快活得很，她总是一面说话，一面朝我转过身子，或者干脆侧着走，说着，哼着什么歌子。

“巴帕，你骑得真不错！我原来以为，恐怕钢嘎·哈拉会把你摔下来。喂，喂！你听着吗？”她像以前一样，扳着我的肩头，摇着我。

“嗯。喂——”我觉得自己在费劲地寻找话题。这是多么奇怪的、异样的感觉呐。“我说，今天晚上，吃什么好呢？”

“吃肉饼！”索米娅欢叫起来，“哈哈，我们吃肉饼！我去取肉！”她一阵风似的向前跑了。我注视着她的背影，惊奇她怎么会用这种婀娜的姿态在草地上奔跑……

哦，成年的日子！当油然而生、连自己也无法理解的那异样的兴奋和萌动，突然间从心田里破土而出的时候，惶惑中的我们究竟能理解它的几分含义呢？我们根本没有理解，甚至不知道这就是青春的来临。我们只记得心中涌起的，那神圣的激动……我真切地感到，自己正在体验着一个纯净透明的世界和一个可怕的、令人羞耻的心跳的世界的啮咬和更替。我在初次爱上了生活的同时，也意识到自己失去的东西。我们再不会在冬夜里一块钻进老奶奶的皮被，你捅我一下，我打你一下地瞎闹；再不会在开着蓝花的青草地上滚成一团，争抢一个染红的羊拐骨；再不会一块儿骑在犍牛的背上，后一个扶着前一个的肩，沿着一条被成行的牛群踏出的蜿蜒小道，去水井拉水啦……索米娅穿的那旧袍子太窄了，腰带也束得太紧了。她在明媚的阳光里朝我跑来的时候，突然蜕去了过去的躯壳。她以完全陌生的东西敲击了一下我的心扉，并在一瞬间完成了一次惊人的启蒙。哦，男子汉！我从那么小就盼着长成一个男子汉。可是男子汉原来完全不仅仅是拥有一匹骏马。我根本没有料到，也没有理解这一切，我太年轻了。

在我独自咀嚼着这模糊的感受的时候，索米娅似乎也同时悟到了什么。第二天，我看见她一个人套上牛车去拉水。她没有骑牛，而是像女人们那样，斜斜地坐在车辕一侧。她没有喊我，我也明白，不该再去插手女人们的家务活儿了。我望着她的影子消失在低洼不平的盐碱地里，然后提着十字镐和斧头走出去。那天，我把家里的木轮车一一修好，并且刨了整整半圈羊粪砖。

新的生活开始了，尽管没有人宣布过它的开始。不觉间，奶奶不太去张罗门口和停列成一排的勒勒车那儿的活计了，她更多的是撑起身子，在昏暗的包内发表着她对里里外外各种事情的看法。在阳光强烈的夏天，她喜欢蹒跚地迈出包门，舒服地晒着太阳，捉捉虱子。过路的牧人向她致意：“好舒服呀，额吉！”她乐呵呵地说：“当然。两个孩子都大了嘛！没有我干的活儿喽。”我已经成了见习兽医，每天跟着老兽医四处转悠，去对付一些难产的骒马和不要犊的乳牛。没事的时候，我喜欢读书，尤其爱读那本《怎样经营牧业》。那本书是有模范牧民参与讨论、由专家分门别类写成的。我不仅从那里面读到了知识，也从那里窥见了为我不知的、新鲜而博大的世界。当我吃力地读完一段时，就伸手去摸茶碗。“等一下，巴帕。”一个低柔的、姑娘的声音传来，索米娅在给我斟着茶。我看见她低垂着的、微微闪动的黑睫毛和红润的一侧脸颊。我念不下去了。于是推门出来，牵过钢嘎·哈拉。它已经是新四岁的马了。我喊着：“喂！拿剪刀来！”索米娅跑出来，递给我剪刀。我给黑马修整着打齐的鬃，时而瞟索米娅一眼，那时，她会对我微微地一笑。

这样，到了我们十七岁的那个秋天。

一天，我们把一秋天拾来晒干的白蘑菇运到公社供销社去卖。索米娅和奶奶赶着装满蘑菇的棚车，我骑着钢嘎·哈拉相随。

在公社耽搁了好久——父亲要招待奶奶和我们吃饭。等我们返回伯勒根河湾的时候，天色已晚。索米娅拾来一些早枯的芦叶和干马粪；我在河畔的硝土岸上架起一口小锅。我们打算架起篝火，用河水煮一锅茶，吃些东西再赶路。

硝土岸旁长着细嫩多盐的碱草。芨芨草从粗硬的根茎旁，也还有一些没有变白的绿叶。犍牛和钢嘎·哈拉贪婪地嚼着，几乎一步不移，任阵阵浮动的炊烟漫过它们黝黑的身体。我们祖孙三人围坐在篝火旁，随意闲谈着。河湾青濛濛的，通红的火焰里溅着桔橙色的火星，烤着我们的胸怀。流水跳跃着磷光，平坦无声地滑过。我们注视着恬静的家乡，心里充满了美好的感受。

"就是这儿。孩子们，"奶奶啜着茶，用浑浊的眼光注视着河湾，"这儿就是出嫁姑娘告别亲人的地方。唉，这一辈子，我看见多少姑娘，喏，就像你一样的年轻姑娘，索米娅——跨过这条小河，就再也没有见过面呀。我也一样，自从跨过这条河，来到这儿，已经整整五十多年喽……老人们唱过这样的歌：'伯勒根，伯勒根，姑娘涉过河水，不见故乡亲人'……"

我们收拾了锅碗，熄灭了篝火，准备继续赶路时，奶奶突然扯住我们俩。她急急地、紧张地说："索米娅！唉，如果你也跨过这条河，给了那遥远的地方，我……我会愁死的！我看……我看……你们俩就在咱们自己的家里成亲吧！你们结成夫妻！这样，我一个宝贝也不会丢掉……"

我们俩同时从奶奶怀里挣脱出来。我跳上马，连抽几鞭。在呼啸的风声中，黑马一蹦子冲上了山冈。等我勒住马时，身后响起了歌声。我扯转马头，远远看见那银发的老奶奶正精神抖擞地边走边唱，她一手牵着牛车，一手牵着姑娘。她步履坚定，银发在夜风中一飘一飘。她准是看见了一种最实在、最鼓舞她的美景，才滋生了如此蓬勃的精神。

当天夜里，奶奶执拗地躲到蒙古包西侧去睡。炉火正北的、属于男女主人的那块白垫毡空出来了……

3

走过了一口——叫作『哈莱』的井呵 那井台上没有——水桶和水槽

钢嘎·哈拉顺着黑黝黝的峡谷奔驰着。我紧闭着双眼，伏在马鬃上。河湾、芦苇，整个伯勒根草原，包括那肃穆的天葬沟，对我都已不堪回首。我知道，此刻也许奶奶正在哪丛茅草旁，责备地、目不转睛地注视着我。奶奶，忘掉我吧……我催马更快地跑着。奶奶，忘掉昔日的白音宝力格吧！是他粉碎了你人生留年的最后一个梦想，因为索米娅最终还是跨过了那道河水，给了陌生的异乡。我纵马跑着。夜，延伸着它黑色的温暖怀抱，默默地、同情地跟随着我，仿佛它洞悉我无法倾诉的委屈。当然，只有它，只有这孕育光辉黎明的夜草原才知晓一切。它知道在自己深邃怀抱里往事的细节，知道我——愚蠢而粗野的白音宝力格也曾有过真正温柔和善良的一瞬……

我和索米娅并没有占用炉灶北侧那块最大的白垫毡。奶奶好心的饶舌，反而使我们真的疏远了。我在一心迷入书本和兽医知识以后，已经开始不善言笑和有点儿不像草地上长大的年轻人。索米娅在给羊群下夜时，常常在门口的棚车里过夜。我们彼此间已经短少话语，但我们又都在相互猜测。好像，我们都愿意长久地、这样日复一日地过下去，并悄悄地保护住一株珍奇的、无形的嫩芽。只有在我们一块商议一些生活琐事时，比如准备给谁缝一件袍子啦，把在公社忙昏了头的父亲接来吃顿羊肉啦——我才发现，索米娅总是非常兴奋。她热心于每一件日常的小小的高兴事，甚至吃一次从公社买来的“酱”，她也那么兴致十足。我清楚地感到，她的身上已经燃起了一股灼人的希望之火。一个像明媚春光一样的幸福未来，已经迫不及待地要闯进我们的破毡包来了！

就在那时，父亲奉命调动工作。在他出发赴邻旗的一个边远公社前，曾来和我们告别。我蹲在外面宰羊时，听见奶奶在和他叽叽咕咕地说些什么。后来听见父亲的声音：“他们还太年轻，刚十七岁多一点……不过，额吉，一切就按你的主意吧。白音宝力格首先是你的孩子啊……咦，有酒吗？应该喝点……我真是个有福气的人哪！”

他临走时，猛地把我搂住了。他浑身的骨节嘎巴嘎巴地响。我很不好意思，可是又推不开他。他喉音浓重地嘟囔着说：

“白音宝力格！我真高兴。你母亲若是活着，唉——算了！

我说，你真是个好小子！”

过了些日子，公社兽医站发给我一个通知：旗里准备开办一个牧技训练班，为牧业生产队培养畜牧兽医骨干，为期半年。

几年来，我一直对真正的专业学习向往不已。因为我觉得，如果继续跟着老兽医学下去，很可能会堕入旁门左道。想想看，把拖拉机排气管插进乳牛肛门吹气，医治那些不要犊的乳牛啦；用狗奶灌骒马，打下马肚子里的死胎啦，等等。这套办法虽然经常确是卓有成效，可是难道能用理论来阐明吗？也许，这个训练班将带我走进真正的牧业科学，我决定不放过这对一个牧民孩子来说是得之不易的机会。

我当然想到了索米娅。或者说正是因为她的缘故，我才有了这个抉择。等我半年后回来时，钢嘎·哈拉将是五岁马，真正的大马。我呢，也将满了十八岁。十八岁，成人的、使草原刮目相看的年龄，独立的男人和成家立业的年龄。十八岁的我将带着魁梧的身量和铁块一样的肌肉，还有一身本领回到草原。当然，十八岁的索米娅也会更勤劳、更能干、更善良和更美丽。那时，我将以坚毅的神情和成熟的大人气，向她建议我们的生活。我和她将有一个使整个草原羡慕不已的家，在幸福中照顾好我们亲爱的奶奶，让她享受一个充满安慰的晚年。呵，我深深地被自己的计划迷醉了。我渴望走向这样的未来，渴望着那跨着黑缎子般漂亮的黑骏马重归草原的日子。生活已经朝我敞开大门,那全部的劳动、温暖、充实和休憩正强烈地召唤着我的心。

我喊来索米娅,递给她那张通知书:"喂,我准备去旗里参加学习,帮我收拾一下东西。"

她赶快去找马褡子,我也再没有多说什么——一切都留到将来再说吧。第二天,有一辆卡车来我们生产队拉秋毛,我同司机说好,搭他的车去旗里报到。那司机是个直爽的汉族小伙子,他说,驾驶室里已经有两个人先我一步占了座位,不过,他可以在装羊毛时,用羊毛捆在车顶给我搭一个没有顶的房子。"保险像坐飞机一样舒服。"他说。

我们伯勒根草原离旗所在地很远。为了当天赶到,司机嘱咐我:夜里——也就是凌晨三点钟就要开车。

家里商量,决定由索米娅送我到旗里,帮助我安顿下来,顺便买点儿东西,再乘这辆车返回。

夜里,我俩攀着粗硬的绳索,爬上了装得比一座蒙古包还高的羊毛垛上。顶上,有一个用长方形的羊毛捆拦成的凹字形,这就是司机讲的房子啦。

汽车轮碾着草地上光滑的海勒格纳草,发出了均匀的、密密切切的哔剥声。墨黑的天穹上星光稀疏,上半夜悬在中天的弦月潜进了辨不出形状的一抹暗云。夜,深远而浩莽。卡车偶尔驶上一道山梁时，苍茫的视野中一下子闪出一些橘黄色的光点，那是些帐篷里未熄抑或是早燃的灯火。而车子冲下黑暗的山谷时，神秘跳跃的火光熄灭了，只有座座朦胧的山影四下围合，并迎面向我们送来阵阵袭人的秋寒。

“喏，冷么？”我裹紧身上的薄皮袍，问她。

“冷。嗯，风太大……”她牙齿在打战。

我想了想，解开腰带，把宽大的袍子平摊开来，盖住我们两人的膝盖和前胸。靠着高高的羊毛捆，后背并不冷。只是冰冷的寒风马上从没盖严的肩头钻进来，我扯住袍角。

“不行，还是穿上吧。你会冻病的。”索米娅转过身来对我说。

“不。”

“你冻病了，奶奶会骂我。她会——”

“住嘴。”我顺嘴训她一句。

“喂！白音宝力格，挤过来些，你太冷啦！”

“我才不怕！”我故意坐得更高些，眺望着黯淡星光下起伏不定的原野。我们的卡车隆隆地吼着前进，路旁惊醒的黄羊从梦里跳了起来，痴呆地盯着我们这庞然大物。当车厢掠过它们伫立不动的侧影时，我觉得这些黄羊简直就像草坡上嶙峋的黑色岩石。伯勒根河上游的很多溪水在这儿汩汩地、昼夜不息地汇集着，流淌着，好像在引导着我们的车子奔向天明。我遐想着,心里突然涌起一阵激情。不是吗?像这样不辞劳苦的溪流一样,我也正在穿过荒僻空旷的漠野,把过去了的幼稚生活长留身后。就在这个宁静的草原之夜,故乡的姑娘正送我走上旅程。我当然不会感到什么冷的,傻丫头。脱下皮袍子又算什么?你知道我将来会怎样保护你和关怀你么……索米娅正在我身旁可怜巴巴地缩成一团,像只小羊一样躲在我搭在她身上的皮袍下面。在星光下,我看见她的大眼睛在一眨一眨地注视着黑暗,注视着这博大的夜草原。我的心里一下子涨起了一股强烈的、怜爱的潮水,一股要保卫这纯洁姑娘不受欺负和痛苦的决心。我猛然翻身掀起皮袍,把整个袍子都裹到她的身上。我不理睬她吃惊的叫唤和阻挠,起劲地把袍子塞紧在她的肩下、腰下和腿下。虽然寒风立即吹透了我里面穿的绒衣,呛得我喘不过气来,但我却感到那么痛快,不,是满足或者自豪。我从未有过这样的英勇的自豪感。

"不——"索米娅挣扎着跳起来,"巴帕——白音宝力格……你疯啦?你会冻死的!"她吃惊地喊着,双手举着皮袍扑向我。

这时,汽车忽地一斜,冲进了一条浅浅的小溪,满载的羊毛捆沉重地晃了一下。我坐不稳,一下子倒在"房子"的侧墙上。索米娅叫了一声,重重地栽在我的怀里,她冰凉的脸颊一下子碰到了我的脖颈。我胸中轰然掀起了雄壮的波涛,心儿像一面骤然响起的战鼓。我不顾一切地、疯狂地把她搂在自己的怀里，胡乱地抚摸着、亲吻着她。我把她搂得那么紧，以致她低低地呻吟起来。我激动得语无伦次，只顾一个劲儿嘟囔着："索米娅，沙娜，沙娜……"

索米娅使劲贴紧我，把头死死地扎在我的怀里，不肯抬起来。等到我贴身的衣服热乎乎地湿了一小片时，我才发现，她哭了。

这时汽车正在一条开阔的、流水纵横的戈壁里行驶。马达轰鸣着，高高的羊毛捆一摇一晃。我摇晃着索米娅的身子，伸手捧起她的腮，我着急地朝她喊着："索米娅！你这傻瓜别哭！听我说，我早想好啦，等我明年回来，就——结婚！听见吗？半年，结婚！"

索米娅啜泣着，用力地点了点头。

就这样，我们紧紧抱着，用青春的热和更暖人心怀的美好憧憬，驱走了拂晓前秋夜的寒冷。卡车愈开愈快，宛如一匹高大的、黝黑的巨马。茫茫的草地，条条的山梁，都呼啸着从两侧疾疾退去。哦，世界多辽阔！未来多美好！我禁不住小声地哼起歌来。但是索米娅止住了我。她伸出手捂住我的嘴，然后轻柔地摸着我的脸。最后，她把手指插进我的头发，把它弄乱，又抚平。她久久地、一言不发地亲吻着我，吻得那么潮湿、温暖，又使人心酸。黑暗中，她那双大眼睛一眨不眨地凝望着我，眸子深处那么晶莹。我胸中的涛声和鼓点又激越起来，带着幸福的晕眩，莫名的烦乱和守护神般的、男人式的责任感。我又把皮袍子给索米娅裹紧，然后紧握住她的小手。车轮溅起溪流的水花，飞扬的水珠高高四散，像是碰上了我们灼热的脸。头顶上方可能浮盖着一层厚厚的云，我们看不见它，但可以相信：是它遮住了天上的乔里玛星和那片残月。我们拥抱着，默默地把手握在一起，让手心热得冒汗。东方的天空已经褪去那种夜的清冷。它虽然仍是一片墨蓝，轻缀其中的几簇残星虽然也依旧熠熠闪亮，但是那缀着星星的墨幕后面，已经苏醒般地升起，并悄然朝这儿飘来了一支壮美音乐的最初和声。它听不见，也许根本没有音响，但它确实已经出现并愈来愈近。它使莽莽的长夜失去了均匀的平静。也许它就是爱情吧，它汹涌而来，把不安宁的、富有活力的情绪注入这已经黑暗了太久的夜草原。

索米娅用鬓发触着我的面颊。她用几乎听不见的声音轻轻说道："你真好!巴帕……"

就在这一瞬间，我们的大卡车轰鸣着冲上了青格尔敖包一线最高的山口。朝向我的索米娅的脸庞在那一瞬突然变成通红通红的、妩媚的颜色。我吃惊地转向东方一看——

啊，日出……极远极远的、大概在几万里以外的、草原以东的大海那儿吧，耀眼的地平线上，有半轮鲜红欲滴的、不安地颤动的太阳露了出来。从我们头顶上方一直伸延东去的那块遮满长空的蓝黑色云层，在那儿被火红的朝阳烧熔了边缘。熊熊燃烧的，那红艳醉人的一道霞光，正在坦荡无垠的大地尽头蔓延和跳跃，势不可挡地在那遥远的东方截断了草原漫长的夜。

呵，话语已不能形容。这是我一生中见到的最美好、最壮丽的一次黎明。

我们已经不觉站立起来，在那强劲而热情地喷薄而来的束束霞光中望着东方。索米娅惊讶万分地睁大眼睛，注视着那天际烧沸的红云，她的脸上久久凝着感动的神情。金红的朝霞辉映着她黑亮的眸子，在那儿变成了一星喜悦的火花。我忍着心跳，屏住了呼吸，牢牢地抓住她的手。那半轮红日转动着，轻跳着，终于整个挣出了大地，跃进了人间。索米娅忽然抱住了我，我也把她紧贴在胸前。我们目不转睛地望着这千载难逢的美景，心里由衷地感激着太阳和大地，感激着我们的草原母亲，感激着她们对我们的祝福。

哦，黎明，朝霞染红的黎明!你带给我们多么醉人的开始啊!

直到如今，我仍然认为，即使我失去了这美好的一切，即使我只能在忐忑不安中跋涉草原，去找寻我往昔的姑娘，而且明知她已不复属我；即使我知道自己无非是在倔强地决心找到她,而找到她也只能重温那可怕的痛苦——我仍然认为,我是个幸福的人。因为我毕竟那样地生活过。因为生活毕竟给过我一个那样难忘的开始。我将永远回忆那绚美难再的朝霞和那颤动着从大地尽头一跃而出的太阳。我觉得那天的太阳也曾显示过最纯洁、最优美的人间的感情。哪怕我现在正踏在古歌《黑骏马》周而复始、低徊无尽的悲怆节拍上,细细咀嚼并吞咽着我该受的和强加于我的罪过与痛苦,我还是觉得:能做个内心丰富的人、明晓爱憎因由的人,毕竟还是人生之幸。

4

路过了两家——当作『艾勒』的帐篷……那人家里没有——我思念的妹妹

钢嘎·哈拉确实是匹好马。尽管它年纪稍嫌老了些，可是跑起来又快又稳。我骑着它，上坡走，下坡跑，一夜一天赶了二百多里路。道路左侧，已经看见白音乌拉大山巍峨的侧影在渐渐移近。

傍晚时分，在这片白音乌拉的草滩上，我信马走着，打量着每一个远远的女人的身影。直到天黑透了，我才下了决心，在一个破烂灰黑的小毡包前下了马。

我推开门，朝昏暗的包内问着好。好久才辨清毡子上端坐着两个默默吸烟的老头。简单的交谈中，我打量着这个包。没有女人。从简陋而条条有理的家什用具来看，我明白，这一定是两个过去的喇嘛。这种人家正是我最满意的宿处。

一个老头取出一块案板，从案板背的横木里抽出菜刀，慢腾腾地切了些肉，然后在那块尺来方的案板上擀着面条。等他终于把面条下了锅，把案板翻过盖在锅上之后，我谨慎地向他们询问索米娅的消息。煮面条的老头说：

“知道啦，你问的是大车老板达瓦仓的老婆。不过，唔……他们不在草地上住。好像住在公社那边，是么？”他问另一个老汉。

那老汉又装上一袋烟，点燃。他久久地咂着假玉石的烟嘴，好久才懒懒地说：

“嗯，达瓦仓住在诺盖淖尔。前两天，我还见到过他老婆。”说罢，他伸出腿，仔细地在靴底上磕着烟袋锅里的灰。我没有再问下去。他打了个哈欠，开始收拾枕头、皮被，然后躺下了。油灯熄了。我裹紧毯子，枕着手臂，望着天窗外面的夜空。

这已经是白音乌拉草原的夜。

索米娅真的在这片夜空之下么……

那次的牧业技术训练班延长了两个月。等我回到伯勒根草原时，已经是五月初，草皮泛青的季节了。

我学得很好，在小畜改良和兽医这两门课程上，我都得到教师的赞扬。结业式上，我得到了一张奖状和一套奖品——一个装满兽医用的器械的皮药箱。

旗畜牧局李局长说，内蒙古农牧学院畜牧系和兽医系今年都在我们这里招收新生，根据我的学习成绩，如果我愿意的话，旗畜牧局愿意推荐我去其中任何一个系上学深造。我看了那份表格，又还给了李局长。我说，这实在太诱人啦，但是我不愿离开草原。李局长劝我再考虑考虑。他说："你应当懂得什么叫机会。并不是每一个草原青年都能遇上它的。"而我却在第二天一早，就跨上一匹借来的马，朝伯勒根河湾飞驰而去。

走近家门口时，远远看见奶奶和索米娅都站在门口。风儿正掀得她们的袍角上下翻飞。

呵，这才是千金难买的机会!和心爱的姑娘一起，劳动、生活，迎接一个个红霞燃烧的早晨，做一个真正的男子汉。这样的前景是怎样地吸引着我啊!

奶奶依然饶舌地问这问那，索米娅给我搬出了那么多好吃的东西。我整理着带回来的一大包书籍，心里很快活。我把这些书齐齐地码在箱盖上，觉得我们的家已经焕然一新。一切都要开始啦，我们郑重地、仔细地商量了我和索米娅结婚的事。我们想等到秋天，等到忙完了接羔、剪毛和畜群检疫以后，而且那时父亲也许也能有些空闲。奶奶准备在夏天给他烧一大桶子酒，让他来这儿尽情地喝个痛快。

有了书，我当然更喜欢读书了。我还是习惯地在读完一页以后，就伸手去端茶碗。索米娅还是在那时立刻把热腾腾、香喷喷的奶茶斟进我手中的碗里。

那时，我照旧望她一眼，有时会遇见她出神的、直直地望着我的目光。但是,她的目光和神情非常古怪,甚至可以说是神色黯伤。她小心地、迟疑地盯着我,那眼光不仅使我感到陌生,而且似乎含着敌意的警惕。那是一种女人的眼神。

我奇怪了。难道新娘对她的未婚夫是这么疑心重重么?我说:“索米娅,你怎么啦?哎,过来。”而她却慌忙连连摇头,急匆匆地推门出去。没系腰带的宽大袍子绊着她的脚。

回家几天后的一个傍晚,我出诊去一户牧人家医治几头跛腿的山羊。等我干完后,主人搬出一个塑料桶来,请我喝酒。这时又来了一群闲逛的牧民。于是,大家便围着炉火喝起来。

喝一阵儿,唱一会儿,大家都醉了。我的兴致很好,歌子唱得也特别响亮。这时,黄头发的希拉醉醺醺地扳过我的肩,问道:

“白音宝力格,你……可真高兴呀,把……把高兴事说给我们……听听嘛!”

“是这样,希拉兄弟,”我兴奋地对他倾吐心曲,“我不久就要……就要和索米娅结婚啦!我不去农牧学院!不去!我要永远和……和索米娅……和额吉,嗯……永远!”我的舌头僵硬,可是心里却满是甜蜜。

“索米娅么?嘎、嘎、嘎,”希拉怪声怪气地哑笑起来。他端起半碗酒,咕咚咚地灌下肚,又凑向我:“那可真是……真是头漂亮的小乳牛哇……嘿嘿,那奶——那奶,甜哟——”他开心得前仰后合,最后竟哼唱起来。

昏暗中，有人厉声呵斥他："住嘴!希拉!""你胡说些什么!""住嘴，你喝醉了!"

"我胡说？"希拉突然蹦起来，呼呼地喷着浓烈的酒气，血红的眼珠乜斜着，恶狠狠地扫视着屋里的人。最后，他盯住了我，盯了好久。接着，他无耻地笑起来："反正白音宝力格最明白!对吧!你那漂亮的……小乳牛快下犊了吧？对!黄牛犊……嘎嘎嘎……对吧，兄弟？"

我气疯了。我暴跳起来，甩开揪扯着我的牧人，狠狠地抬起靴子，一脚把这个黄毛踢翻在毡子上，随即冲出了包门。

当我气急败坏地扯过钢嘎·哈拉的缰绳，踏住马镫时，包里传出那卑劣的黄毛恶毒的、发狂的怪吼声："滚回去吧!摸摸你那头小乳牛……我希拉把她连牛犊子都送给你啦!"

我狠狠地鞭打着马，黑马的四蹄在石头上重重地击出一串串火星。这黄毛鬼的恶毒诅咒气昏了我。自从我生长在这片草原，还从没有听到过这样肮脏的话!我后悔没有揍那张污秽的嘴，或者用头号粗针头给他扎上一针冬眠灵——他居然如此放肆地侮辱和中伤我的爱情，还有我亲爱的索米娅!

黑马在门口猛地停住，我翻身下马，一下子撞开了家门。同时，我听见一声尖利的惊叫。

索米娅正在换衣服，她还来不及扣上袍子的前襟。我的眼睛被牢牢地吸住了——在她敞开的长袍里面，我看见一个高高凸起的肚子。

我呆住了，手扶着门框一动不动，只顾直直地盯住她那怀孕至少五六个月的、隆起的肚子。刹那间，我似乎突然明白了黄毛希拉那些毒言恶语的含义，也明白了几天来索米娅古怪的神情和敌意的目光。

奶奶在一旁呼呼熟睡着。索米娅惶惑地、害怕地望着我，慢慢朝角落退去。她扣着袍子上的纽扣，可是总扣不上。我看见她睁圆的眼睛里溢满了泪水。酒精和狂怒已经攫住了我，但一种莫名的难过又一下涌来，使我痛苦而悲伤。我一步步地朝她走去，她一步步地退着。我绝望地问她：

“真的么……是黄毛鬼希拉么？”我听着自己的声音，觉得它简直像是哭。

索米娅紧紧靠着毡墙，颤抖着。她一言不发地死死盯着我，脸上已是泪水纵横。

我的眼前黑了……哦，黄头发希拉是一个真正的恶棍。他耍弄过的牧民妇女究竟有多少，没有谁数得清。草原上已经有不少孩子长着一头丑陋的黄发，用呆滞阴沉的眼睛看人。我不止一次听到人们指着那些孩子说：“哼，都是黄毛希拉的种子！”

我勃然大怒了，可怕的痉挛阵阵袭来，我觉得眼前直冒金星。我猛扑过去，抓住索米娅的衣领，拼命地摇撼着她，要她开口。可她却倔强地愈发沉默。我发狂地吼叫起来，更用力地摇着她："你说!你说呀!为什么……说……你说!那个黄毛恶鬼!"

"松开——"索米娅忽然锐声地尖叫起来，"孩子!我的孩子!你——松开!松开——"她哭叫着，在我死命钳住她的手里挣扎着。突然，她一低头，狠狠地在我僵硬的手上咬了一口!

我痛得倒抽了一口凉气，手瘫软地松开了。索米娅愣怔了一下，一下子捂住脸号啕大哭起来，她撞开我，披头散发地奔到外面去了。

我揩去手上的血，伤口处立即又渗出新的一层血珠。我颓然坐下，猛地看见白发蓬松的奶奶正在一旁神色冷峻地注视着我。原来她早就坐在一旁。我想喊她一声"奶奶"，但是喊不出来。她那样隔膜地看着我，使我感到很不是滋味。一种真正可怕的念头破天荒地出现了：我突然想到自己原来并不是这老人亲生的骨肉。

奶奶慢条斯理地开口了。她讲了很多，但我没有听进去，也不愿听进去。那无非是古老草原上比比皆是的一些过程，是我们久已耳闻并决心在我们这一代结束它的丑恶。这些丑恶的东西就像黑夜追逐着太阳一样，到处追逐着、玷污着，甚至扼杀着过于脆弱的美好的东西。所以，索米娅也无法逃避在打水路上遇见黄毛希拉时的那种厄运。"唉，自从你去学习以后，那个希拉闹腾得叫我们一秋天都不得安宁，"奶奶感慨地说，

“这狗东西。”听她的口气,显然也没有觉得事情有多严重。

我沉默了。包里一片寂静。奶奶低着头数着她的那串念珠。门外,在远处传来的声声狗吠中,隐约能听见索米娅在棚车里的啜泣。

我打开箱子,摸出一柄父亲送我的蒙古刀。我悲愤地用力拔出刀子,雪亮的刀光在灯下一闪。奶奶抬起头来,不解地望着我。

“白音宝力格,怎么,”她用充满了奇怪的口吻说,“怎么孩子,难道为了这件事也值得去杀人么?”

我生气了。我怨恨地、愤愤地朝她问道:

“怎么?难道那样的坏蛋还配活到明天?”

她不以为然地摇摇头,然后开始搔着那一头的白发。她嘟囔地说:“不,孩子。佛爷和牧人们都会反对你。希拉那狗东西……也没有什么太大的罪过。”她朝我伸过一只瘦骨嶙峋的手来,“给我,好孩子。让我收起你那吓人的玩意儿来吧……有什么呢?女人——世世代代还不就是这样么?嗯,知道索米娅能生养,也是件让人放心的事呀。”

我气得浑身哆嗦。但我更感到无法忍受的孤独。手里的匕首沉重地落在地上。我一句话也说不出,只是痛苦地、感慨地凝视着这一头银发的老人。我推门走到包外,姣好的银月正静挂中天。我倚门站着,久久注视着这一望迷茫的广袤草原。

钢嘎·哈拉嘶鸣起来。我看见它正披鞍挂镫，精神抖擞地跺着脚，像是等待着我。不，已经用不着我们去复仇啦，我的朋友。我走近它，开始松开它的肚带。那肚带勒得很紧。我解着它，流血的手背一阵疼痛。我感到身心交瘁，就把脸埋在骏马的鬃毛里，马儿不安地打着响鼻，用前蹄刨着草地。

……也许是因为几年来读书的习惯渐渐陶冶了我的另一种素质吧，也许就因为我从根本上讲毕竟不是土生土长的牧人，我发现了自己和这里的差异。我不能容忍奶奶习惯了的那草原的习性和它的自然法律，尽管我爱它爱得是那样一往情深。我在黑暗中搂着钢嘎·哈拉的脖颈，忍受着内心的可怕的煎熬。不管我怎样拼命地阻止自己，不管我怎样用滚滚的往事之河湮灭那一点诱惑的火星，但一种新鲜的渴望已经在痛苦中诞生了。这种渴望在召唤我、驱使我去追求更纯洁、更文明、更尊重人的美好，也更富有事业魅力的人生。

但我决不能没有索米娅。我回忆着远自童年就开始了的那漫长的十几年生活。昔日的生活是那样亲切，就像春季化雪时节在山谷里浸过草根，汩汩淌着的溪流。那溪水清澄又甘甜，浸泡着我心田的一寸一分。我仿佛又看见了那些两小无猜、无忧无虑的日子；又看到索米娅美丽眸子里的明亮火花，和那熊熊燃烧的、使一切自然界和人间的美都相形见绌的绚丽红霞。我走到棚车前面，轻声地呼唤着索米娅。我盼望她马上跳下车来,像以前那样使劲地紧贴着我的胸膛。我盼望她能再用湿润的嘴唇吻着我,把手指插进我的头发。我等着她把满腹的委屈和痛苦向我诉说。我最终是会原谅她的,而且我坚信会有办法让恶魔希拉一直到死都不得安生。

索米娅已经不再哭了,但她不回答我的呼唤。我又在棚车旁站了许久,才回到包里。那一夜,我彻夜未眠。

两天过去了。索米娅已经恢复了平静。我一直在等着她来向我倾诉。每当我饮马回来,出诊回来,或者在夜里走到棚车附近时,我总以为,她会立即出现在我眼前并扑向我。

但是没有。两天就这样过去了。

第三天早晨,我去伯勒根河湾里赶牛,在一块被芦苇隔开的浅滩草地上,遇上了我的仇人:黄毛希拉。

他骑着一匹棕白相间的小花马,歪戴着一顶软软的鸭舌帽。他见了我,有些手足无措,似乎想搭讪着和我讲些话。可是他的嘴角刚一动,我就看见了那个恶毒下流的笑容。

我的怒火燃烧起来了。痉挛的手几乎握不住缰绳。突然间,钢嘎·哈拉嘶叫着跳了起来,朝着他冲上去。我也用力挥起马鞭,狠狠地朝他那丑恶的嘴脸抽过去。鸭舌帽打飞了,我看见那个焦黄的头倒栽向河滩的盐碱地。我下了马,朝他走去,希拉凶狠地瞪着我,突然一跃而起,朝我扑来。

我和他扭打了好久,踏倒了一大片芦苇。我的小腹被他踢得疼痛难忍，但他最终还是被我一拳打翻在蓝色的河水里，浪花溅得很高很远。

我浑身打着战，忍着小腹的剧疼，跨上黑马，慢慢走回家来。

在门外，我听见包里索米娅正在和奶奶说话。我捂着腹部，艰难地一步步捱到门口。我听见索米娅的声音："奶奶，这布多好看啊。"我的脚步太轻了，她们都没有听见。我口渴得要命，恶心得想呕吐。我想喊索米娅来扶我一下，可是喊不出声来。我费劲地拉开门，索米娅的声音停住了。我看见她正慌忙藏起一双红花绒缝的婴儿鞋子。她警惕地望着我，把那双为腹中婴儿准备的小鞋子藏在背后，一声不响。

一阵从未体验过的绝望和伤心笼罩了我。我觉得一股酸酸的东西堵住了喉头。我转过脸，把一口黏稠的血吐在外面的草地上——像她们一样，我也没有让她们看见。我无力地倚着门框，缓缓地滑坐在门槛上，目不转睛地望着索米娅。而索米娅却像是想起来什么一样，突然不顾一切地朝门口冲来。我抬起一只手臂，轻轻地说："别到棚车那儿去了……索米娅，这里是你的家啊。"

一句话不知怎样滑了出来。后来，我曾经长久地感到奇怪：自己从哪儿找到了这样的一句话。我说：

"你不要走——是该我走了……索米娅，奶奶，我要走了。"

5

向一个放羊的人打听音讯他说，听说她运羊粪去了

诺盖淖尔是个深幽幽的小湖。由于白音乌拉山侧面的陡壁斜斜插入湖水,所以从南面看去,这小湖很像融雪蓄成的那种山中湖，而和一般锡林高勒草原上常见的那种洼地和泉眼生成的浅湖大有不同。由于深,所以湖水并不浑浊。清晨,在牲畜前来饮水之前,它平静地、蓝晶晶地在山谷里闪着光。大概为着这难得的水源吧,白音乌拉公社的许多单位都移建于此:乳粉厂、皮革作坊、食品公司收购站,还有小学。当我驱马走近这里时,甚至有一种觉得是离开了牧区的陌生感。这儿甚至还有啄食的母鸡和鸭子。索米娅难道会生活在这么一个地方么?

我找到了赶马车人达瓦仓的小泥屋。

这是一座傍着湖岸修成的、只有三面墙的那种低矮的地窝子式土坯屋。木门旁有一个烧得焦黑的泥炉灶,旁边停放着一辆双辕高高翘起的马车。车上已满载着货物,马轭马套散乱一地。绳子上晾晒着五颜六色的衣服，我还发现尘土里埋着一个廉价的橡皮动物玩具。

我犹豫着，迟迟没有下马，索米娅就在这土屋里面。我是敲门呢，还是喊一声？哦，所谓人生的重逢就要在我眼前出现啦……我的心跳了起来。不远的湖面上，灰蒙蒙的水均匀地一摇一荡，让人如刻如镂地感受着这难熬的时间。

我咬咬牙，把钢嘎·哈拉拴在马车跨杠上，然后踩着门前的羊骨头、牛粪块朝门走去。我俯身拾起一件踩在土里的格子布小衣服，然后用力推开了门。

屋里，充斥视野的是一条大炕。炕沿上的镶木少了一半，露出磨得圆滑的草泥坯。在炕上的皮被、大氅、山羊皮、蒙古式袍子和汉式棉袄中间，我数出三个酣睡着的小孩。他们七横八竖地挤作一团，污垢厚厚的光脚丫乱蹬着那些衣被——没有大人。西墙上还有一个小门，我推开那小门，一眼看见一个蛛网尘封的黝黑的蒙古包木格天窗。旁边堆着折叠的哈那墙、俄尼棍，还有一扇紫红色的小木门。我的眼睛推开那小门，湿润了：这是我们的家，这是我们祖孙三人，不，还有黑马驹曾一块儿生活其中的那个家……

我凝视着这个被拆散了的蒙古包，是的，索米娅真的在这儿。她真的嫁到了这个离我们伯勒根河湾那样遥远的地方。她已经像藏起这架毡包般的藏起了过去，在外面那间临湖的肮脏泥屋，迎送着沉重的而又是大家都在过着的生活。

“哟!你找谁？”一个女人的清脆声音在我脑后响起。我吓得浑身哆嗦了一下。

我转过身来。一个穿着西式女上衣，梳着齐耳短发的女人正温和地打量着我——不是她。我吁了口气，用汉语回答说：

“我找索米娅……噢，就是达瓦仓的……老婆。她是我的妹妹，我从伯勒根草原来。”

“啊，白音宝力格同志!”她惊喜地大叫起来，“我知道你!你不是念大学去了么？”

“唔，是的。大学——已经毕业了。”我说，心里忐忑不安。她知道我？知道我多少呢？

“上的哪个学校？内大？师院？什么专业？唉，索米娅姐总说不清!”她兴致勃勃地问。

“农牧学院，”我回答说，“您是……”

她笑了，扶扶眼镜：“哈，我姓林，是这儿的学校老师。内蒙古师院毕业的——真难得啊，我第一次在这儿碰上个大学生。而且是我的小其其格的亲戚!”

“其其格？”我赶快追问了一句。

“怎么，你忘啦？索米娅姐姐的大女儿嘛!已经上二年级啦!一直是我的学生!”

我当然不会忘记。我永远不会忘记那一切的，连同那个万恶的淫棍。哦，在向奶奶天葬的山沟告别的时候，我没有想起来该去见见那个黄毛希拉。我们的账还没有结清……其其格，其其格，我默默念着这个名字。不幸的孩子，可怜的小花啊，你不至于真的长着那种污脏的黄头发吧？女孩总该比男孩纯洁些，就像索米娅比我要纯洁一样，我实心实意地愿这孩子能学好，能爱她的母亲。因为她毕竟是降生于索米娅的怀腹之中。不论我是否愿意，此时此刻我已经决不能否认她的存在了……

“林老师，其其格这孩子……听话吗？我想，嗯，她长得一定很高了？”

“长得很高?哈哈!哪里……看来，你上了大学以后，什么也不知道呀!”女教师叫嚷着，突然想起来什么，“咦，你看，我是来帮忙的!索米娅姐姐今天不回来，要我帮助提水呢!”

她麻利地拎来铁桶，歪着头望着我问：“你呢，是坐在这儿等，还是也帮我去提一桶？”

我提起一对铁桶，在她带领下朝湖畔走去。苍茫天色和薄暮中的湖面融成一片，使我心绪淡凉。我等着她继续讲下去，因为这都是我所不知道的故事。而林老师并没有觉察到我的情绪，兴致勃勃地闲扯了好多才转回原题：

“你猜，其其格刚生下来有多大？哈哈——你猜不着!一支勺子!真的，我是在这孩子已经三岁那年才来到这里的，如果现在我不是确实了解我的学生的年龄，我怎么也不会相信那时她有三岁……天哪，比别人六个月的婴儿还要小呐!咦，你信吗，白音宝力格同志？”

“唔，”我含糊地答应着。

“索米娅姐姐告诉我，这孩子生下来时，还不满一尺长!一只小脚比不上你的大拇指!脑袋只有——唉!她像一只小猫崽那么小!”这年轻女教师激动了，她耸动着眉毛，用力挥着手，急匆匆地讲着。我拎着两只铁桶，小心不让它们晃响，紧张地听着。

“太小了!可能是不足月……你们伯勒根草原的人都跑去看新鲜，男人们用大拇指比比她的脚，孩子们用拳头比比她的脑袋。她小得出奇。用一张旱獭皮就能包起来。人们都说，不行呀，扔了吧，这样的孩子养不活呀。听说也有人恶言恶语，说索米娅生的不是人，是怪物!可是，索米娅姐姐的老奶奶——喂，白音宝力格同志，你总不会连你奶奶也忘了吧？哈哈!”她开玩笑地问我。

“唔，没有。”我嘟囔了一声，心里很难受。

“……你们的老奶奶坐在门槛上，对那些牧人说：‘住嘴!愚蠢的东西!这是一条命呀!命!我活了七十多岁，从来没有把一条活着的命扔到野草滩上，不管是牛羊还是猫狗……把有命的扔掉，亏你们说得出嘴!我用自己的奶喂活的羊羔子今天已经能拴成一排！我养活的马驹子成了有名的好马……钢嘎·哈拉，你们这些瞎子难道还没有看见钢嘎·哈拉吗？只怕你们还没有福气骑那样的好马!哼，扔了吧——把这孩子扔给乳牛，乳牛也会舐她。走吧!你们走开吧!别用你们的脏手碰我的小宝贝儿!你们几年别来才好!等我把她养成个人，变成一朵鲜花，再让你们来看看!'”

林老师兴奋地说着，激动得满脸通红。这时我们已经来到湖边。她蹲下来，用手撩着湖水，突然又睁大眼睛朝向我：

“啊，你们的奶奶真好啊，你知道吗？自从听说了这个故事，每当我和小其其格在一块儿，给她讲课的时候，我总觉得自己错过了机会，没能亲眼见见这位老人，这位伟大的女性!”

……我再也听不见什么了，尽管这位热情的汉族姑娘还在抑制不住地谈着她对我奶奶的无限崇拜。暮色中的湖水宁静幽暗，西斜的太阳在这暗色的水面上洒着一些耀眼的、粉末般的光点。我把铁桶浸进水里，荡起的涟漪更使那浮动的波光闪烁无尽。我望着湖水，觉得那闪闪的银光正摇动着，现出奶奶飘拂的银发。我提出满盛的桶，那银发又化成奶奶昏花而灼人的睛。我闭上了眼睛。我真想把这位有点学生腔的女教师立即支开，然后纵身跳进湖水，跳进奶奶那微微颤动着的、一闪一闪的呼唤中去，把我满心的痛苦、难言的委屈和悔恨，都埋进她那亲切温暖的银发和浑浊而深邃的目光中去。

我没有让林老师帮忙，一个人提着两桶水向小泥屋走去。女教师默默地跟着我，像是在回味刚才那故事的感受，也许，是我的沉默使她感到不解。我抱歉地说：

"林老师，再讲点什么吧，你知道，我离开得太久了，什么都不知道……"

"讲就讲……哼，你呀，真不像话。你还不知道索米娅姐姐有多好。唉，我总觉得，就算我这一辈子扔在这荒草地上，碌碌无为吧，但是认识了她，也可以说是有点收获啦……知道么？我总是摆脱不了这样一种幻觉：我总觉得索米娅姐姐是个刚刚生了孩子的女人。我总觉得，她一连多少年总是抱着一个哇哇哭的婴儿在这条路上慢慢走着，就这种幻觉。后来，有一天她来找我，说：'林老师，收下我的其其格做学生吧!'我非常奇怪，就问她：'姐姐，你的其其格能上学么？她顶多才三岁吧？'她急了，说：'哪里!我女儿已经七岁啦!求求你，收下她吧!我可以每天给你提水、烧茶、做饭!我可以给你挤乳牛，可以到草地上去给你拾牛粪烧!'唉，她说着说着就哭起来了，后来简直是号啕大哭，哇哇的，撕扯着我衣服。啊，那样子真惨……她为什么那样伤心呢？我想，一定是为了把这孩子养大，她熬得太艰难啦……"

女教师低下头，擦了擦眼角，又说下去：

"当时，我把其其格揽到怀里——噢，这哪里像个学龄儿童呀，又瘦又矮，看上去像是刚刚学会走路。可是，索米娅姐姐哭得那么凶，她穿的一件蓝布袍子湿了一大片。头发乱蓬蓬的，脸上又是泪水又是鼻涕。我——唉，也陪着她哭了一顿……就这样，开学时，我把其其格安排在我讲桌前面的位子上。我想，这样孩子离我很近，我可以随时发现她的一切。我不敢大意——要知道，索米娅姐姐常常躲在教室窗子外面听着，有时候，外面下着雨，她就那样淋着，呆呆地站在窗子外面呀……”

直到我们回到那熏黑的小泥屋的门口，女教师还在不停地讲着。此时已经不是我要听，而是她自己要讲了。我觉得她一定是受了太深的感染，才如此对人倾吐。当然，我看得出她是个直肠快语的人，这样的人喜欢用强烈的方式来表达内心。而不像我，只是默默地吞咽一切。从她瞟着我的眼神看，她似乎在怀疑我能否理解她的索米娅姐姐。也许，她的怀疑是对的。因为我实实在在地觉得，她描述的那个女人的作为不像是我的索米娅。我不能想象那一切，我也没有她那种幻觉。我的脑海里只深刻着一个脸颊妩媚的姑娘，她正动情地凝视着一派幸福醉人的红霞……索米娅，你哪里会像她讲叙的那样呢？你是个多么温柔、多么单纯的小姑娘呵。

推开门，我看见一个小姑娘正在忙碌着。

“其其格!”林老师高兴地喊着，“其其格，快喊舅舅!这是白音宝力格舅舅。知道吗？他是你妈妈的哥哥!”

小姑娘停下了手中的活儿，转过身来，目不转睛地盯着我。

看上去,这女孩子只有六七岁,她穿着一件打着补丁的汉族的女孩儿那种对襟花布衫和一条蓝布裤子，光脚穿着一双显然尺寸和样式都不合适的黄球鞋。我发现乱七八糟的屋子已经被她收拾干净了，炕上靠里面叠放着一层层码齐的被褥和衣袍。地扫过了,连着土坯炕的灶里,干透的羊粪烧得轰轰响。炕上,三个一律剃成锅盖头的小孩正围着一块案板,跃跃欲试地想把小黑手伸向案板上的面团。

小姑娘拘谨地、慢慢地搓着手上粘着的面屑,忧郁地望着我。这眼光里混杂着惊讶、隔阂和思索。我还无法分辨出它究竟是友善的还是猜忌的。我有些手足无措,半晌,才喃喃地开口说：

“其其格,你好。我是……”

小姑娘的嘴唇轻轻地蠕动了一下——

“巴帕。”她小声叫道。

一股酸酸的滋味猛地涌向我的喉头和鼻尖。

“巴帕,我看见了门口拴着的黑马,”小女孩怯生生地说，“妈妈以前说过,我的巴帕会骑着一匹黑骏马来看我们。”

6

朝一个牧牛的人询问消息

他说，听说她拾牛粪去了

门外响起一阵纷沓的马蹄声，伴着一个粗嗓门的吆喝。女教师笑道："瞧，是达瓦仓回来了。喂——"她朝门外喊着，"车老板！来客人啦！索米娅的哥哥来啦！"

门外那个粗嘎的嗓门大声赞叹着："哈，好威风的一匹大黑马！"随即，一个四十来岁的魁梧大汉推开门跨进来。

女教师给我们介绍了一番，然后起身告辞。

"我回家啦，白音宝力格同志。你妹妹要明天才能回来——她给学校运煤去了。如果没事，明天到学校来玩吧，还没有听你讲讲城里的事情呢。"说罢，她走了。

大汉拍着我的肩头，"坐，坐。上炕。嘿——"他朝炕上那几个小家伙吼着，"滚下来！让纳合齐（纳合齐：母亲系统亲戚的泛称）上炕坐！狗崽子们，把炕弄成狗窝啦！"一面吼着，他顺手把已经爬到炕沿的两个小孩一拨拉，两个孩子嗵地摔在地上。

我慌忙伸手去扶，但那两个小机灵鬼却是司空见惯，打个滚儿爬起来，“赶马去哟!赶马去!”闹嚷着，撞开门朝外面奔去。最小的那个在炕上哇哇哭了，连滚带爬地要追随哥哥们出去。大汉一把揪住他的开裆裤，把孩子提溜起来，搂在怀里。

“宝贝——别跑，别跟他们乱跑，给阿爸当宝贝——啧!”他粗鲁地用大嘴在那小孩的屁股上亲了一口，一巴掌抹掉孩子脸上的两道黄鼻涕，又顺手抹在炕褥上。“上炕坐嘛，白音宝力格兄弟……嘿!其其格，愣着干什么？快做饭呀!哼!”

我搭讪地说：“一共这四个孩子么？”

“就这四个啦，没听说么，公社卫生院正到处抓女人，连劁带阉。哼，妈的!索米娅——你妹妹，去年就给他们——咦，其其格!看我不揍肿你的脸!怎么还愣在那里？等死么？”他突然又暴怒起来，凶恶地朝小姑娘吼着。

“面条已经擀好了。”女孩子低声说。她靠着炕沿坐着，显得那么矮小。

“那么就去给纳合齐饮马!马房子后面找条绳子，把纳合齐的黑马和我的黄辕马连在一起放去吃草!怎么，你准备让马饿死么？”他挺着胸，唾沫星子乱溅在怀里的小男孩和我身上。我连忙跳下炕说：“还是我自己去饮马吧，这马不太老实呢。”

“那么就去给纳合齐带路!提上我的帆布水斗，黑马如果不喝湖水，就去井台!”他继续盘着腿大吼大叫，神气十足，“喂，白音宝力格兄弟，快去快回!我等你——今天咱们好好喝它一瓶子!”

天还没有黑透，我和其其格默默地走在通向湖畔的路上。这女孩子走路脚步很轻，而且一句话也不说。但是，每当我转脸看她一眼时，她都迅速地和我对视一下，并瞟瞟我牵着的钢嘎·哈拉。

“其其格，你妈妈给你讲过这匹马么?”我小心翼翼地开口问道。

“嗯，讲过的。”她简单地回答。

静静地走了一会儿。这回是她主动开口了：

“巴帕——这马真的名叫钢嘎·哈拉吗?”

“当然。”

她转过身来，轻轻地朝黑马喊道：“钢嘎·哈拉! 钢嘎·哈拉!”

黑马猛地扬起头来，呼噜噜地打了一个响鼻。小女孩欣喜地笑了。“多好啊!”她说。

我感动地蹲了下来，轻轻抱起了她。她很轻，像一片羽毛。我把她举起来放到黑马的背上。这样她才差不多和我一样高了。我扶着她的小小的肩头，仔细地端详着她。

我没有在她脸上找到我记忆中的那个少女的痕迹。她不像她的母亲。索米娅没有这样瘦削，也没有这样忧郁的眼神。

而她呢，也没有索米娅那红扑扑的脸颊和温柔的表情。不过，我还是得承认，这小女孩生得挺好看。昏暗中，她默默地跨在马上，双手抚弄着黑马肩上的长鬃，小小的躯干显得那么单薄和弱小。我想把目光移向她的头发，突然又感到这样很可耻。于是，我提起帆布桶，牵着马，继续朝湖边走去。

钢嘎·哈拉埋头长饮。从它埋入嘴唇的地方，湖水漾起一圈圈次第扩展的波纹，在黯淡的湖面上画出条条闪光的弧线，一直密集地排向对岸轮廓朦胧的陡峭山崖。

其其格蹲在黑马旁边，洗着手上面粉结成的硬垢。“才九岁，已经在给家里做饭了。”我想着，想着她。黑马喝足了，侧过头来，好奇地打量着这个女孩，其其格高兴地伸出小手，触着马儿毛茸茸的嘴唇。

我凑过去问：“你在学校里高兴么？学习好么？其其格？”

“昨天算术考坏了。林老师给了我二分。”

“题很难？”

“不，”她抬起脸望着我，“因为妈妈昨天一早就去海拉金山里运煤了。去年她是暑假里去的，所以我也一块去了。那地方很远，我知道。”

“你不该想妈妈，其其格。应当只想着怎样把题算对。”我开导说。

“嗯，是的，”女孩子说，“去年在回来的路上，有一辆勒勒车的轮子散了，妈妈抱着我，在黑地里坐了一夜……今年，牛车会不会又在那里坏了呢？我想着，就把题算错啦。今年她赶了四辆牛车。”

小女孩又沉默了，我也再说不出什么，我们牵着马，朝家走去。走了一会儿，我忍不住又问这孩子：

“其其格，阿爸对你妈妈——我是说，为什么你阿爸不去运煤呢？那么远。”

“不，那是妈妈的事，她在给学校干活儿呢，不光运煤，还挤奶、拉水，学校呢，就每个月都给我们钱。”

天全黑了。其其格把马笼头交给我，自己跑进黑暗中。一会儿，“嗨!嗨!”传来了她的吆喝声。一匹辨不出颜色的高头大马被她赶来。她把一条绳子拴在那马的双腿绊上，然后递给我绳子的另一头。“呶，让钢嘎·哈拉去吃草吧。我也该去煮面条啦。”她说。

我接过那绳头，触着了她凉冰冰的小手。

孩子默默地任我攥着她的手。半晌，她说：

“巴帕，要我明天带你去看妈妈的奶牛么？可好看啦。”然后，她小心地捏了捏我的手背。

达瓦仓已经脱了上衣，露着肌肉隆起的、黑毛丛丛的胸脯。那个小儿子在他怀里闹腾着，咬着他胸上那个硬硬的乳头。另外两个，则在旁边扭作一团，撕抢着什么东西。“白音宝力格兄弟!”他喜气洋洋地招呼着我,“快上炕!先喝一碗再吃饭!其其格,下面条!”

我们对饮起来。见到大人喝酒,那两个小鬼头更来了劲。他们拼命抢着酒瓶子和我们手里的杯盏,一边给我们添酒一边尖声喊叫。下午我曾觉得那么冷清凄凉的小泥屋沸腾起来,弥漫着面汤的蒸气、呛鼻的酒味儿和孩子们的喊叫。

我想起了一首什么时候读过的小诗。那诗令人感受真切地描写了一个充满橘黄色火苗的温暖的家庭晚餐。和这位虎背熊腰的赶车人一块儿喝着烈酒,我似乎又感受到了那小诗的意境。达瓦仓开心地饮着,说着,时时用粗野难听的骂人话吆喝着三个小狗崽般在炕上闹的小孩。干透的泥草墙吸着熊熊炉火的热,又把这热散向歪斜小屋里的生活。孩子们的吵嚷震着我的耳鼓,我有些微微发醉。车老板舒服地仰面躺着,和我议论着天气、风俗和草场的优劣。我发现,这魁梧大汉尽管粗野,但却也不失为豪爽有力。他无疑是这个家庭的坚强支柱和当然的主人。哦,可以想象,索米娅在这间小屋里度过的日子尽管可能艰难,但绝非是无法容忍和水深火热。如果此刻她也在这间小屋里面,无论是蹲在灶火旁,坐在炕沿上,或躺在被垛上,都会使这温暖起来的小泥屋增添更多的温暖和亲切。看来,人的热力是能够点燃世界任何冰冷角落的生命的。真正被生活抛弃的,只是像我这样不能随遇而安的人。也许,这就是我的悲剧……

不过,其其格和这热烘烘的天伦之乐也不尽协调。整整一个晚上,她一直坐在屋角的一堆鞍具上,手里揉弄着一本皱巴巴的课本。只要我看她一眼,总是碰上她逃避般慌忙移开的眼睛。整个晚上,尽管我在和达瓦仓谈天论地,但我总觉得那小姑娘在用火辣辣的目光盯着我, 那目光好像穿透了我的衣服和肌肤,灼得我的心隐隐作痛。

夜深了。透过窗户框子里嵌着的玻璃,我看见墨蓝的夜空和泛着灰白色的湖浪。不觉之间,那三个淘气鬼已经睡熟了,一个枕着另一个。达瓦仓打了个酒嗝,开始扯住小孩的腿和胳膊,把他们拉成一排。最后他把一条大皮被用力摔在小其其格身上,嘴角泄出一句低沉的咒骂。“哼!这鬼老婆今天还不知道死在哪里!呃,连个铺炕的人都没有……”他狠狠地咬得牙响。眼角一瞥,我们的目光相遇了。他马上闭上了嘴。但我在那一瞬却感觉到了些什么。

难堪的寂静只持续了几秒钟。也许是借着酒力吧,我扳住了他粗壮的肩头:

“你大概讨厌我吧?”我问。

赶车人喘着粗气,想了一会儿,又斟上半碗酒。他沉吟了一下,低低地开口了:

“兄弟,我的话可能不好听——说真的,我们早把你忘了。

我根本没想到你还会来看看。我以为，城里人就是那么没心肝，亲娘老子死了也不理睬……”

我难堪地低下了头。

达瓦仓和解地递过酒碗，宽容地说：“唉，今天我才知道，是我想错了，看看，你这不是骑着马，爬山过河地找到我们白音乌拉来了？来，喝酒，喝酒。”

我看了看这碗苦酒，然后咕咚咚一饮而尽。我能说什么呢？

我俩挨着斜靠着一垛皮被躺着，默默地啜着酒。大车老板自言自语地说起来：“唉，兄弟!说真的，那个时候你不该不在哟……那些事，实在不能甩给一个女人家呀!噢，快十年……”

我坐起来，缓缓地给他斟上酒。

“那天夜里，我吆着空车在月亮地里赶路。嗨，太困，睡着啦。后来，又不知怎么醒了。我好像听见一个女人的哭嚎声。说真的，我吓得浑身打战。可是，准是鬼催的——我吆着马，朝那个哭音寻去啦。走近一看，哈!是个女人守着一辆碎了木轮子的牛车，哭得哇哇响。我下了车问她。噢——她是给她奶奶送葬呢!黑夜里，路不好，车坏了，又伤心，就哭开啦。呶，还抱着孩子——那孩子像条剥了皮的猫，小得吓人。见她哭，我也心软啦。我说，姑娘，别哭啦!就算你家额吉有我这个儿子吧!这会儿他刚赶来给老人家送葬……就这样，我把包着老太婆的毡子抱上大车，又把她那辆倒楣的破车拆开，装上大车，把老人家运到了那个山沟里……等我把她们母女送回蒙古包以后，我问她，以后，你们打算怎么过呢？她说，不知道。后来，我就吆上车离开啦，回去以后，我总想起她。越想越觉得她可怜。这样，我就又赶上车，开了张结婚证，第二次去了伯勒根河湾……”

他端起酒，呷了一口。下炕给蜷在炉灶旁睡熟的其其格盖严了皮被，又在我身边躺下来。

“后来，我问过你妹妹，我问她，索米娅，你们家就没有个男人亲戚？送葬——那种事也非要你一个姑娘干？她说，有个哥哥，他上大学进城啦。兄弟，我这才知道还有个你。我又问她，那就一定要抱着个猫崽子自己去送老人？草原上有那么多人家!她说，我不愿意求别人，该我去。唉——真傻呀!”

第二天，天气晴朗。达瓦仓早早起来，把四匹马套上了大车。他在屋子里翻腾了好一阵，大概是没有找到什么像样的干粮吧，最后，他骂骂咧咧地把一壶酒揣进怀里，走出门来。

他拔下那杆大鞭，然后拍拍我的肩头：“兄弟，天不坏，我要出车送货去啦。你饿了就催其其格那小猫崽子烧茶。我半路上能碰上你妹妹，她用不了天黑就能回来。我会催她狠狠地揍着学校那几头懒猪似的老牛跑的。哼，瞧她这个临时工……

喂，”他又想起来什么，“你就多住几天吧。等我三五天回来，咱们再一块儿喝两瓶。你酒量不坏。”

他吆着车走了，顺着一条直直攀上湖畔高高山梁的车道。他赶车很凶，鞭梢尖锐地炸响着。车轮扬起弥漫的黄尘。他挺胸坐在跨杠上，粗声叫骂着，神气十足。“是条好汉子。”我独自想，一阵怅惘又漾上了心头。

学校课间休息的时候，其其格领着我去看了学校的奶牛。原来是我在大学里研究过的荷兰种改良牛。那些长着大块大块黑白相间的毛皮的乳牛优雅地踱着步子，在一个小小院子里晒着太阳。我走进了那稀泥塘一样的院子。污泥在我脚下咕叽咕叽响着。我在那烂泥地里站了好久。是的，索米娅每天都蹲在这片泥地里挤奶……其其格又把我领去看了学校的厨房后院，那儿堆着小山般的冬季燃料：黄褐的牛粪，黑亮的煤。当这女孩子领着我走近湖边的时候，上课铃响起来了，其其格远远地指给我湖畔的一块青石板，就慌忙跑去上课了。

我走到湖旁，在那块青石板上慢慢坐下。在冰封千里的冬天，索米娅就是在这块石头上蹲着，用力凿开诺盖淖尔的坚冰，把一桶桶水汲进水缸，运到学校。

我找到了她留在这片土地上的步步足迹。我看见了她的生活和劳动，一天一夜的耳闻目睹，使我视野里充斥着纷乱炫目的，简直应接不暇的印象。但是，我仍然不能相信和接受它们，尽管它们是如此真实。我仍然只是看见她的那个形象：那是一个面对着朝霞的、眸子中闪跳着金红色的憧憬的美好姑娘。我伏在岸边的草丛里，难过地闭上了眼睛，竭力不去再想这一切往事。后来，我睡熟了。

很久，我抬起头来，太阳已经偏西。我看见钢嘎·哈拉在我旁边的湖水里站着，它浑身的毛皮在湖水里洗过之后，像纯净的炭一样漆黑，向阳的一面闪着漂亮的漆光。

它笔直地站在清波摇荡的湖水浅滩里，一动不动。它高高地昂着头，箭一般的双耳耸立着——它在注意地眺望着什么。

我忙起身朝那边望去——在那条宛如浮在湖面蒸腾的烟气之上的青灰色的高高山梁上，在那青青山梁上的那条宛如扶摇直上的轻烟般的车道上，有一连串四个小黑点，是四辆首尾相连的牛车，正在朝着这儿蜿蜒而下。

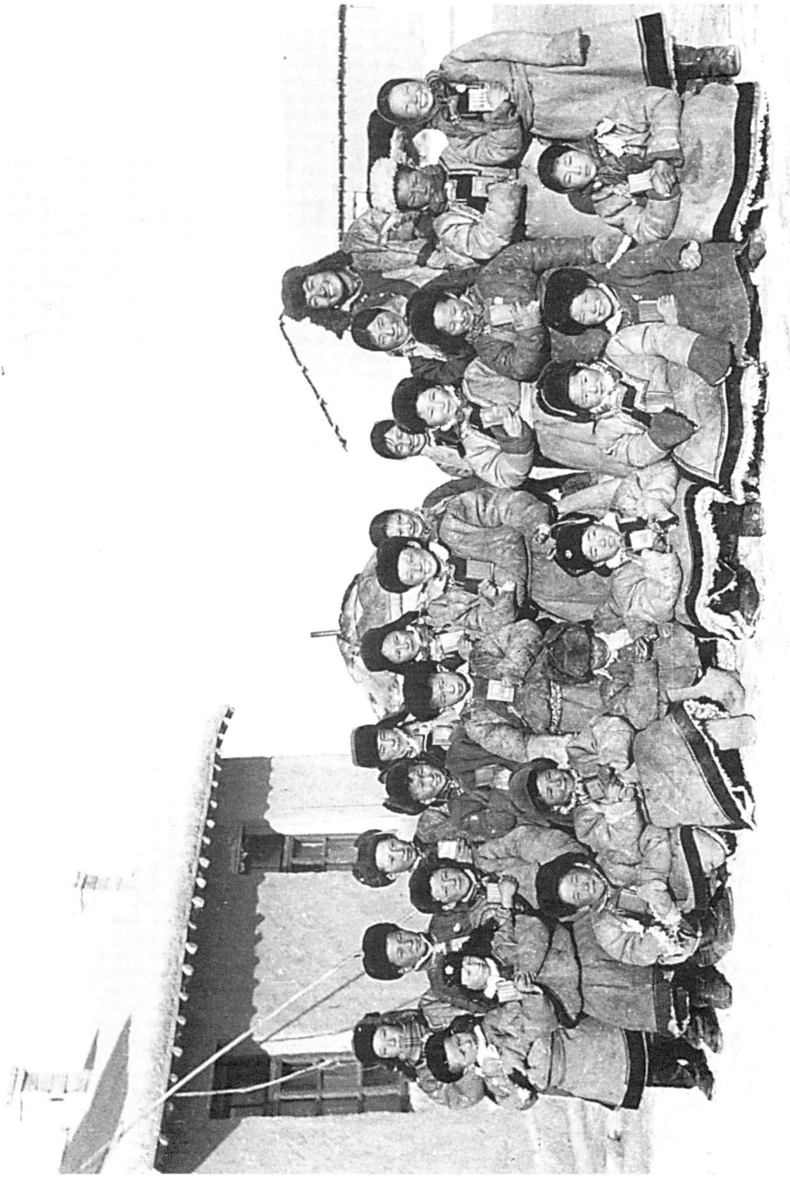

7

我举目眺望那茫茫的四野呵
那长满艾可的山梁上有她的影子

哦,如果我们能早些懂得人生的真谛;如果我们能读一本书,可以从中知晓一切哲理而避开那些必须步步实践的泥泞的逆旅和必须口口亲尝的酸涩苦果,也许我们会及时地抓住幸福,而不致和它失之交臂。可是,哪怕是为着最平凡、微小的追求吧,想完美如愿也竟是那样艰难莫测。也许,正因此人们才交口感叹生活。我们成长着,强壮和充实起来,而感情的重负和缺憾也在增加着,使我们渐渐学会了认真的感慨。而当我们突然觉得在思想上长大了一岁,并实在地看清了前方时,往事却不能追赶,遗恨已无法挽回。我们望着比我们年轻些的后来者,望着他们的无畏、幻想和激情,会有一点儿深沉些的目光,在清风中,在人群里,我们神情平静地走着,暗暗地加快了一点儿步伐……

当见到了索米娅以后,我体会到了上述的这一切。

我们见面时,并没有出现什么戏剧性的情景。索米娅用力拽着牛鼻绳,大步迎面走来。她笑着向我问好:“呵,白音宝力格!我听达瓦仓说你来啦,怎么样,路上累么? 工作好么? 你还是老样子? 嗬——嘿!”她使劲拉着缰绳。

她牵着首车的一头红花牛,和我并排走着,她并没有哇地哭出来,更没有一下子扑进我的怀里,甚至也没有喊我“巴帕”。她丝毫没有流露对往事的伤感和这劳苦生涯的委屈。甚至在我挡开她,用力挥着三齿耙和平底锨,替她把那四车煤炭卸在学校伙房后面时,也是一样。她随口说着什么,若无其事。

她变了。若是没有那熟悉的脸庞,那斜削的肩膀和那黑黑的眼睛,或许我会真的认不出她来。毕竟我们已阔别九年。她身上消逝了一种我永远记得的气味;一种从小时、从她骑在牛背上扶着我的肩头时就留在我记忆里的温馨。她比以前粗壮多了,棱角分明,声音沙哑,说话带着一点大嫂子和老太婆那样的、急匆匆的口气和随和的尾音。她穿着一件磨烂了肘部的破蓝布袍子,袍襟上沾满黑污的煤迹和油腻。她毫不在意地抱起沉重的大煤块,贴着胸口把它们搬开,我注意到她的手指又红又粗糙。当我推开她,用三齿耙去对付那些煤块时,她似乎并没有觉察到我的心情,马上又从牛车另一侧再抱下一块。她絮叨叨地和我以及前来帮忙的炊事员聊着天气和一路见闻,又自然又平静。但是,我相信这只是她的一层薄薄的外壳。因为，此刻的我在她眼里也一定同样是既平静又有分寸。生活教给了我们同样的本领，使我们能在那层外壳后面隐藏内心的真实。我们一块儿干着活儿，轰轰地卸着煤块；我们也一定正想着同样的往事，让它在心中激起轰轰的震响。

下午的诺盖淖尔湖边小镇阳光明丽。已经放了学的孩子们像小鸟一样在索米娅周围又吵又嚷。休息的教师们，乳品厂的临时工，还有蹒跚着串门的老汉，都围着这堆刚卸下的煤品头品足地议论。我发觉索米娅在这里人缘很好，她总是被那些人们喊住，谈笑上几句什么。

直到活儿干完了，她领着我回家时，我们还是用这样的方式随意闲谈着。当我们转过学校前面的低缓土坡，顺着湖畔的小路朝那间半地穴式的小泥坯屋走去的时候，突然传来一阵急促的马嘶。钢嘎·哈拉拖着脚绊，一蹦一跳地奔来，直到马儿蹦跳着来到我们跟前，不管不顾地径自把脖颈伸向索米娅，把颤动着的嘴唇伸到她的怀里时，我才明白了这黑马所具备的一切。

我惊奇万分地望着钢嘎·哈拉。它一声不吭地用黑黑的大脑袋在索米娅怀里揉搓着，双耳一耸一耸，不安地睁大着那对琥珀色的眼睛，好像在无言地诉说着什么。

索米娅用沾满煤末的手轻轻搂着黑骏马的头，久久地抚摸着它。我看见，她的眼睛里盈满着泪水，肩膀在微微地发抖。

但是她始终背朝着我,一句话也没有说。

她飞快地收拾着屋子。打开窗子,点燃炉火,刷洗所有锅碗什物,挨个地给三个男孩洗掉脸蛋上的脏污,把其其格支使得团团转。

泥屋里又充满了温暖,但不是昨夜那种热烘烘、乱糟糟。她烧了一大锅浓浓的酽茶,把大茶壶煨在炉灶旁的红灰上。她找出一罐黄油和一包黑砂糖,煎了很多黄澄澄的小面饼。她把炸饼摆在我面前,那散着诱人甜香的饼上,油花在滋滋地响着。

山那边白音乌拉公社没有送过柴油机发的电来,天黑了,屋里一片昏暗。索米娅点燃了煤油灯。又一个傍晚,我一直盼望着、又一直害怕的傍晚降临了。炉灶里的牛粪火闪着橘黄色的火焰。这活泼的暖色点缀了浓暮灰蓝的阴暗色彩。一闪一跳地,把那被严严压实的不安和激动引了出来,像一阵气浪,像一支无声的旋律,在这低矮的小泥屋里愈来愈浓郁地回旋着。

小面饼又甜又香,我吃了好多。这时我才想起:中午我在湖畔睡着了,忘了喝午茶。

孩子们在炕上闹着,争抢着被褥和枕头。

索米娅吩咐其其格给我铺一条新毡子。小姑娘跑进旁边的小屋,很快抱来一块白条毡。她把条毡铺在靠墙的炕头,又麻利地扫净上面的草末。最后,她把一件新皮袍子摊开在条毡上，然后下了炕，站在一旁，默默地望望母亲，又望望我。不知为了什么，我忍不住一把拉过她来，抚摸了一下她的头发。接着，我躺下了。

索米娅一口吹熄了灯。

黑暗中，我睁着眼睛，仔细地倾听着隔着四个孩子的土坑那一头传来的每一点轻微的声响。好久，我都判断不出索米娅是否已经躺下。我茫然望着屋顶，而那里也是混沌一片，数不清究竟有几条椽檩。最小的那个男孩，也就是马车夫的宝贝心肝突然哼了起来。于是我听见索米娅开始小声哄着他。我屏住呼吸，倾听着她低柔的嗓音。她在用那种只有母亲和孩子才懂的，只有在沉睡的蒙古包里才能听到的甜美的、气声很重的絮语在说着什么。这种声音使人近如咫尺地感觉到女人独有的浓郁气息……就这样，我和我昔日的姑娘，和我的沙娜躺在一个低矮的屋顶之下，躺在一条土炕上。我们都竭力使自己弄出的声响小些。我们是那么疏远，那么直似路人。哦，别了，我的草原上的百灵鸟儿。我的披着红霞的、眸子黑黑的姑娘，我已经永远地失去了你……

没有月光。夜空上大概布满了乌云，连窗棂那儿也是昏黑一片。只有炉膛里残存的牛粪火亮着微弱的红光，时而响起一星半点清晰的爆裂声。屋子里响起了均匀的鼾声：孩子们都睡熟了。

这时，我听见索米娅发出一声压低的、长长的叹息。像是一声颤抖的呻吟般的、缓缓舒出的叹息。

像是听见了召唤的号角，我猛地坐了起来。我宁愿去死也不能继续在这沉寂中煎熬。我咻咻喘着，对着黑暗大声说：

“索米娅！不，沙娜！你……你说点什么吧！”

说罢我就使劲闭上眼睛，死命咬着嘴唇。

过了好久，索米娅开口了。她低声说道：

“奶奶死了。”

又是沉默。我明白，该我对那湮没的质问回答了。

我开始艰难地讲起来。自从我跨着黑骏马踏上旅途，这个问题已经不止一次地撕扯着我的心。九年多了，在学院里和机关里，在研究室同事当中和在一切朋友之间，我从来没有想到荒僻草原上有这样一个严厉的法庭，在准备着对我的灵魂的审判。现在由索米娅进行的，也许是最后一次。我费劲地讲着，讲到了那条山石峥嵘的山谷，讲到了天葬的牧人遗骨，讲到了我怎样在那里向亲爱的奶奶告别并请求她的饶恕。我也讲到了赶车人达瓦仓对我的责备。我讲着，泪水止不住哗哗流下。

这是我第一次哭。以前我从来没有流过眼泪。甚至，我曾怀疑这是自己的一种生理缺陷。我总是咬着牙关，皱紧眉头，把一切痛楚强咽而下；人们则常常因此认定我是个冷酷和无情无义的家伙……

我拼命咬着袖子，生怕吵醒沉睡的孩子们。但是这次忍不住了，我已经说不下去，只管没出息地发出一声声难听的哭声。

“别这样，白音宝力格……”索米娅低声唤着我。她哑声说：“难道有永远活着的老人么？”

而我已经悲恸难禁。我已经分不清究竟是在为奶奶，还是在为自己而哭泣。我想到自己把匕首扔在地上时对那老人的蔑视，也想到自己捂着被踢伤的小腹挣扎回家的情形。我想到荒凉的天葬沟旁那清冷孤单的感觉，也想到自己把皮袍披在索米娅身上时的柔情。我想到那红霞，那黑马驹，那卑污的希拉，那可怕的分离。又想到了像一柄勺子和一条小猫般大小的婴儿，想到女教师、马车夫和诺盖淖尔湖的清波。我想到自己那已无法分辩的委曲，更想起了那些简直已经无法全部记忆的，使我从一个儿童长成一个青年的许许多多的岁月，想起父亲怎样把幼年丧母的我托付给那个慈祥的老人……“奶——奶!”我伤心极了，只顾把头埋在手里呜呜地哭着。“奶——奶!”我只想拼命拉回那不归的老人，然后对着她痛快地大哭一场。

索米娅轻轻地下了地，往炉膛里添了些牛粪块，然后给我端来一碗茶。

她坐在炕沿上，看着我咽着茶水。喝完了茶，我渐渐平静了下来。

炉火在轻轻地闪跳。暗红的火焰摇动着索米娅映在土墙上的影子，无声地和我们一起默送着流逝的时间。

“索米娅。”我谨慎地用这个称呼叫着她。

“嗯？”她刚才仿佛沉入了遐思。

“你给学校干临时工，累吧？”我问。

“不，没什么，反正我也要干活儿的。一个月能挣四十五块钱呢。”

“昨天，一个姓林的女老师给我讲了好多你的事。她可喜欢你啦。”

索米娅淡然笑了，“她心肠好。”她说。

我又说：“达瓦仓昨晚和我喝了好多酒，他也是个好人。”

索米娅没有回答。一会儿，她轻轻地说：

“白音宝力格，你还记得吗？那条伯勒根小河……”

“什么？我们家乡的伯勒根小河么？”

“嗯。”她的声音低得几乎听不见，“还记得么，奶奶讲过那样的歌谣：‘伯勒根，伯勒根，姑娘涉过河水，不见故乡亲人’……奶奶还说过，希望我永远也不要跨过伯勒根小河嫁到异乡去。可是，看来，我还是没能叫她称心。知道么，那天，我坐着丈夫的马车，离开了咱们住过那么多年的营盘。那营盘光秃秃的，只留着一层青灰的羊粪。蒙古包拆掉啦，装到了车上。钢嘎·哈拉……因为你走了，我把它卖给了公社。那天风刮得很凶，马车走进伯勒根河的芦苇里，风刮得苇叶哗啦啦地响。后来，我们路过了那个地方，那个咱们曾经和奶奶一块烧茶休息的硝土岸上的地方。那时候，我突然想起了奶奶说过的话，想起了她讲过的那个歌谣……我哭了。呵，我想，我到底还是没能逃开蒙古女人的命运；到底还是跨过了伯勒根的河水，成了这白音乌拉地方的伯勒根……”

索米娅终于讲完了。我听着，什么也没有说，从窗棂子往外望去，好像浮云已经褪尽，微微发亮的夜空上，闪着几颗晶亮的星。我转过身望见索米娅黑暗里的面影，觉得那儿也闪着晶莹的光亮。我想伸出手去替她擦掉那些泪珠，可是我没敢。

这时，索米娅又讲了："白音宝力格，那时我猜不出你在哪里，我只记得马车一摇一晃地走在河水里，车轮子溅起冰凉的浪头，溅了我一脸一身。我使劲搂紧女儿，把脸藏在她身子后面。哦，那时我多么感激其其格呀，我觉得只有这块小小的血肉在暖和着我……当然，白音宝力格，这样的话你是不愿意听的。我知道，你非常讨厌我有这么一个女儿……"

"不!"我绝望地喊起来。我打断了她的话，激动地分辩说："沙娜!你错了。我喜欢她，其其格是个好孩子……而且，好像她也……也喜欢我。她喊我'巴帕'。她还知道钢嘎·哈拉。我发现，和我在一块儿的时候，这孩子就爱说话……"

索米娅叹了口气，我似乎感到她在暗影里惨然一笑。

“你不知道真情，白音宝力格。”她迟疑着，犹豫了一阵，才继续说道：

“是这样的：我丈夫不喜欢这个女儿。去年他喝醉啦，打其其格，还骂她是……野狗养的。后来，啊，女儿就一直盯着我。天哪，一连几天盯着我，那眼神很吓人。我慌了，就悄悄对她说：其其格，你有一个巴帕，现在正骑着一匹举世无双的漂亮黑马在闯荡世界。我们给这匹马取名叫钢嘎·哈拉——黑骏马。这巴帕就是你的父亲，他的名字叫白音宝力格。会有一天，他突然骑着黑骏马来到这里，来看我们……”

我望望炕上，其其格正拥着一角毯子睡着，小手枕在脸颊下面。索米娅疲惫地垂下了头，吁了长长一口气。

“别记恨我吧，白音宝力格！”她用微弱的声音喃喃着，“我实在没有别的办法。我想，反正这一生再也不会见到你啦……”

我鼓足勇气，向她伸出手去，抚摸着她蓬乱的头发。索米娅佝偻着身子，用双手紧紧掩着脸庞，随着我的抚摸，她浑身剧烈地颤抖着。

过了许久，她猛然昂起头来，用一种异样的、嘶哑的声调大声问我：

“为什么你不是其其格的父亲呢？为什么？如果是你该多好啊……哪怕你远走高飞，哪怕你今天也不来看我！”

我木然地、僵硬地坐着，好久答不上话来。后来，我不知背诵了一句谁的话：

“我不能够……索米娅，你是多么美好呵。”

炉膛里的牛粪火完全熄灭了。灶口那儿早已没有了那种枯黄的或是暗红的火光。可是，这间小泥屋里已经不再那么黑暗，木窗框里乌蒙蒙的玻璃上泛出了一层白亮。不觉之间，我们的周围已经流进了晨曦。

天亮了。

这又是一个难忘的、我们俩的黎明。

8

黑骏马昂首飞奔哟，跑上那山梁
那熟识的绰约身影哟，却不是她

我在索米娅家的小泥屋里一共住了五夜，从那天黎明以后我们再也没有去回顾那些不堪回首的往事。我想等达瓦仓回来以后再告辞，从各方面来讲，那样都更好些。

在诺盖淖尔湖畔的这个清净的小镇上，我们度过了平和的三天，每天除开照料黑马之外，我就到学校的乳牛圈和伙房后面去，尽力帮助索米娅干点活儿。此外，我把心思都花在其其格身上。我骑马从白音乌拉供销社给她买来新的书包和钢笔，还有一条天蓝色的纱巾。我想暗中帮助索米娅巩固那个谎言。为什么不呢？为什么要让这不满十岁的女孩子心里那一星幻想的火花熄灭呢？就让她继续把我想象成她的父亲吧，我愿一生致力于扮演这个角色。也许，这对于我要比对于她更为重要和迫切。

但是，我已经发现事情将不会那么简单。因为她在更固执地，用那种尖锐的眼神盯着我。她并没有变得更快乐一些或者更孩子气一些。

我想起在城里，我曾在一个朋友那儿看到过一帧他女儿的照片。那是一张寄自美国的、大幅柯达相纸印的彩色照片。照片上那女孩也和其其格差不多大小，她被已经同父亲离了婚的母亲带到了那个极乐世界。在那张彩色照片上，我看到那女孩穿着一件胸前印着“HAPPY”（HAPPY：英语，快乐）的套头衫，正在起劲地和一群黄发碧眼的小朋友们嬉戏。她笑得真是那么快乐和幸福。我曾感慨，她就那么无忧无虑地忘掉了父亲和自己的祖国。而其其格却完全不同。她衣衫褴褛，乱蓬蓬的头发结成毡片。她吃力地迈着小腿和挥着小手，从湖边提来满桶的水。她令人发笑也使人心疼地抱着比自己小不了多少的弟弟。她默默地接过我买的书包、钢笔和头巾，然后默默地走到一边翻弄课本，她时时用那清澈而严肃的眼神望着我，仿佛在和我的心灵进行着无止无休的辩论。

我懂了，这种留在孩子心灵深处的创伤是不会愈合的，这伤疤将随着他们的渐通世事而流血发疼。我恨透了制造这创伤的丑恶力量，难道还有比这更严重的残害么？

索米娅从那天天亮以后，也忘却了悲伤。当她来到学校的时候，我看见她脸上满是兴奋的，甚至是喜气洋洋的光彩。她走近那头高贵的黑白花荷兰乳牛，亲切地拍拍它的额头。那奶牛转动着闪着缎光的脖颈，聪慧地睁大温柔的眼睛等着她。她蹲下，把木桶放稳在袍襟上。唰，唰，雪白的奶浆一股股射向桶底。其余几头奶牛也慢腾腾地踱过来，围着她站成一圈，等着轮到自己。她挥动着双臂，上身一动一动地摇着，用力地挤着，脸上浮着平和的微笑。我站在圈墙外面看着她，看得出神。下课铃响了，一大群孩子喧闹着冲来，小脑袋在圈墙上露出齐齐的一排。他们七嘴八舌地议论着，争执着，用清脆的童声向索米娅问好。索米娅挤满一小桶，孩子们就震耳欲聋地喊成一片，拼命地朝她伸出手臂。她把奶桶递给孩子们，微笑地嘱咐着他们，目送着他们把奶桶送到伙房。铃声又响了，孩子们吵嚷着奔回教室，圈墙外面像是飞走了一群乱叫的小鸟。

索米娅拴紧圈门，又走到住宿的牧区孩子的宿舍。在那儿，她已经用我提来的湖水泡上了一大堆要洗的窗帘和被单。早晨的太阳已经高高升上了白音乌拉大山。诺盖淖尔湖畔的这几排简陋的土房子渐渐显出了平稳的秩序和劳动的活力。索米娅洗着衣服，用湿漉漉的手撩着脸上的散发，随口和路过的人们说着话。阳光照着她黧色的面颊和黑黑的眼睛，她显得安详、自信而平静。不久，白杨树干上扯起了一条条绳子，洗好的床单在绳索上迎风飞舞，像成排的旗子。索米娅吃力地站了起来，轻轻捶着后腰，拖着沉重的步子朝湖畔的泥屋蹒跚走去，随手在地上拾起一段铁丝、几块牛粪和木头。她从邻居的汉族老太婆家里把儿子们吆回来，顺便给那户人家养的一只山羊羔喂了奶。她点燃炉灶，用斧头砸碎茶砖。一家人围坐在炕上，奶茶正在铁锅里沸腾。

我长久地观察着她的一举一动。我觉得自己似乎看见了她过去的日子，也看清了她未来还要继续度过的生活。

我临行的前一天，达瓦仓赶着马车回来了。那天中午，学校的林老师跑来，把我们全家请到她的宿舍去吃午饭。

我们三个大人率领着四个孩子，一一围着她的炕桌坐好。这时，女教师乐不可支地咯咯笑着，满面红光地告诉我们一个消息：

“啊呀，你们听着，学校刚刚开完了会，会上决定，把索米娅姐姐转为正式职工啦！嗯，听说是让你专门管理学生内务。索米娅姐姐，知道么？以后，孩子们就要喊你‘老师’啦！”她快活地嚷着，一面飞快地把冒热气的白馒头摆在桌上，“嘿，真高兴呀，哈哈!喂——车老板!你瞪什么眼？”

她朝达瓦仓喊着。马车夫不以为然地晃晃脑袋，端起酒杯，对我说道：“喝，白音宝力格兄弟。你瞧，她也能当老师!很可能，明天会派我去当自治区书记。唉!”

女教师摆着菜，骂着达瓦仓说：“不害羞!你算什么？除了赶大车就会喝酒。可索米娅姐姐呢，开会时，有的老师说，只要索米娅在，住宿生就不会想家啦。”

索米娅惶恐地、害羞地坐着，不安地揉弄着筷子，忘记了吃饭。她呆呆地看着几个狼吞虎咽的儿女，好久没有说一句话。后来，她仿佛刚刚醒悟过来般失声叫了起来：“哎哟!弄错啦……我怎么能，怎么能喊我老师呢!”

她丢掉筷子，双手捂住了脸。可是，我已经在她的脸上看到了一种复活了的美丽神采，那是羞怯和紧张都遮掩不住的、一种难得出现的神采。林老师说笑着，给孩子们添着菜，给我们男人添着酒。其其格一面吃着，一面翻看着一本连环画。达瓦仓喝干一杯酒，就忙着教训一下伺机捣乱的儿子，只有索米娅坐在角落里，独自静静地出神。她在想什么呢？孩子们在吵闹，女教师在谈笑，丈夫在饮酒。她只是茫然向他们投去一瞥，随即又陷入自己的遐思。也许此时她第一次感到了疲乏和劳累，第一次有机会歇息一会儿。她一定正在安详地回想着那难熬的岁月，回想着那些快要淡漠的酸辛了。她的神情松弛了。痴痴的目光像是在注视着什么，那目光里充满了使我感到新奇的怜爱和慈祥。你变了。我的沙娜，我的朝霞般的姑娘。像草原上所有的姑娘一样，你也走完了那条蜿蜒在草丛里的小路，经历了她们都经历过的快乐、艰难、忍受和侮辱。你已一去不返，草原上又成熟了一个新的女人。

在古歌《黑骏马》的终句里，那骑手最后发现，他在长满了青灰色艾可草的青青山梁上找到的那个女人，原来并不是他寻找的妹妹。小时候，当我听着这两句叠唱的长调时，曾经百思不得其解。后来，成年以后，当我为思念索米娅哼起这首歌的时候，我一直认为这支古歌在这儿完成了优美的升华。它用“不是”这个平淡无奇的单词，以千钧之力结束了循回不已的悬念，铸成了无穷的感伤意境和古朴的、悲剧的美。

但是，这一回，当我真的踏着这古歌的节奏，亲身体味了歌中概括的生活以后，我不能不再次沉入了深深的思索。

第二天清晨，我牵着钢嘎·哈拉，告别了达瓦仓、其其格和孩子们。索米娅陪着我，牵马绕过了清澄的、早晨的诺盖淖尔湖水，慢慢地走上直插旗所在地的那条小路。

我尽量开朗地和她闲谈着，讲叙着我在自治区畜牧厅的工作和生活。当然也商量了许多事情，包括怎样抚养和教育正在长大的其其格。

那天早晨，湖面上低低地流动着淡白色的浓雾，天上湿润的云彩拉成长长的薄丝，在峡谷的避风处和湖雾连成一片。只有天幕后面那轮巨大的淡红朝日正在无声升起，把一束束微红的光线穿过流雾，斜斜地投向蓝幽幽的水面。

索米娅低着头走在我身旁，露水打湿了她的袍襟。在小路开始向山坡上伸延而去的一片马莲草地上，我转过身来。我决心不再制造那种感伤的离别场面，于是，我说了一声“再见吧，索米娅”，就奋力跃上马背。

“巴帕！”索米娅突然撼人肺腑地喊了一声。

我浑身一震，猛地收住马缰。这是我第一次，也是最后一次听见她这样亲切地称呼我。

索米娅急急跑上几步，双手抓住马勒，气喘吁吁地说：

“我有一件心事，不，有一个请求。我不知道是不是该说——”她满怀希望地凝视着我的眼睛，犹豫了一下。突然又用热烈的、兴奋的声调对我说：“如果，如果你将来有了孩子，而且……她又不嫌弃的话，就把那孩子送来吧……把孩子送到我这里来！懂么？我养大了再还给你们！”她的眼睛里一下涌满了泪水。“你知道，我已经不能再生孩子啦，可是，我受不了！我得有个婴儿抱着！我总觉得，要是没有那种吃奶的孩子，我就没法活下去……我一直打算着抱养一个，啊，你以后结了婚，工作多，答应我，生了孩子送来吧，我养成个人再还给你……”

我震惊地听着她的表白。

我想起了我的奶奶。想起了奶奶总是一本正经地讲述而被我挤着鬼脸嘲笑过的、那许许多多的哲理。奶奶已经长眠不醒，但我此刻相信她一定得到了真正的安宁。我几乎要对索米娅冲动地说：“沙娜，我的好姑娘！你将来一定会像奶奶一样慈祥！”可是我没敢说。而且，这样说也许并不正确。我只是僵坐在马鞍上，目瞪口呆地听着她的倾吐。我觉得，像我这样的人是很难彻底理解她们的一切的。我目不转睛地望着索米娅。那个梳着羊犄角小辫和我同骑一牛的小女孩，那个紧束着腰带朝我奔来的少女，那个红霞中的姑娘，还有那个赶车人泥屋里的主妇，都闪电般的从我眼前掠过。我似乎已经从中辨出一道轨迹，看到了一个震撼人心的人生和人性的事故。——快点成熟吧！我暗暗呼唤着自己。

我放开勒紧的马嚼，钢嘎·哈拉抖动着满颈黑鬃，飞一样地冲向前方，把激动的风儿甩在身后，久久带着一阵远去的唿哨。我驰上了地平线，在高高的山冈上扯转马头。在茫茫的草海里，索米娅微小的背影正在向彼岸踽踽前行。再见吧，我的沙娜，继续走向你的人生。让我带着对你的思念，带着我们永远不会玷污的爱情，带着你给我的力量和思索，也去开辟我的前途……如果我将来能有一个儿子，我一定再骑着黑骏马，不辞千里把他送来，把他托付给你，让他和其其格一块生活，就像我的父亲当年把我托付给我们亲爱的白发奶奶一样。但是，我决不会像父亲那样简单和不负责任；我要和你一块儿，拿出我们的全部力量，让我们的后代得到更多的幸福，而不被丑恶的黑暗湮灭。

钢嘎·哈拉沿着开阔的山坡飞驰。畜牧厅规划处的同事们一定已经完成了在旗里的调查。我要快马加鞭去和他们会合，然后去开始新的工作。

此刻，宇宙深处轻轻地飘来了一丝音响。它愈来愈近，但难以捕捉，像是在草原上空的浓郁空气中传递着一个不安的消息。等我刚刚辨出了它的时候，它突然排山倒海地飞扬而至，掀起一阵壮美的风暴，我被它牢牢地吸引住了。黑骏马追赶着它的步伐。接着，从那狂风般的雄浑前奏中，流出了一个优美悲怆的旋律，它激烈而又委婉地起伏着，好像在诉说着草原古老的生活。

那一浪浪涌来的、苍凉古朴的调子叩击着我的心，又伴和着钢嘎·哈拉急骤的蹄音，把我们的心绪向莽莽的大草原传递。在这天宇和大地奏起的浑厚音乐中，我低低地唱起了《黑骏马》，从那古歌的第一节开始，一直唱到终止的“不是”那个词。

当我的长调和全部音乐那久久不散的余音终于悄然逝尽的一霎间，我滚鞍下马，猛地把身体扑进青青的茂密草丛之中。我悄悄地亲吻着这苦涩的草地，亲吻着这片留下了我和索米娅的斑斑足迹和炽热爱情，这出现过我永志不忘的美丽红霞和伸展着我的亲人们生路的大草原。我悄悄地哭了。青绿的草茎和嫩叶上，沾挂着我饱含丰富的、告别昔日的泪珠。我想把已成过去的一切都倾洒于此。然后怀着一颗更丰富、更湿润的心去迎接明天，就像古歌中那个骑着黑骏马的牧人一样。

作为《黑骏马》导读的一些辑录(代后记)

张承志

1

一个知识青年插队的往事，到头来是该珍惜还是该诅咒、他的青春是失落了还是值得的,依我看只取决于他能否遇上一位母亲般的女性。

她们永远身怀着启示,就像她们能奇异地怀胎生育。

只要你有一颗承受启示的心,只要你天性能够感受——这样说对那些长恨自己没顶于插队“浩劫”的人是不是太轻巧了呢？可能是这样,但是我不关心他们的命运。我只关心我的感受,关心源源给我感受的,我远在草原的额吉。

用了二十年时间我总算搞清了,我眼前浮动着她一生中一个个鲜活的形象。

十岁的她赤着脚,破袍子上系一根脏花布腰带。稚气未褪的她爬上太高的鞍子放羊去了。

二十岁的她有了第一个孩子。她把孩子裹在一块烂羊皮里听包外呼啸的风暴,她那时已经满脸冻疤神情憔悴了。

三十多岁她数数身边孩子闹成一团数不清楚;她怅惘地望着十岁的大女儿赤着脚,束住褴褛的小袍子爬上马背放羊去了。

四十来岁时她盼着再抱一个真正吃奶的孩子。儿女们大了使她孤单得恐惧,她对我痴痴地反复说着,口气使我感到她把我也当成了一个婴儿。

五十来岁,六十来岁,如今她差不多七十岁了,她把门前的车、缸、毡片绳头把断腿的马失群的羊把烂醉的汉子都看成一种古怪可怜的小宝贝,她眼神里的不安和慈祥使人心醉。她突然接到通知说她当选了妇联代表和劳动模范,但她听不懂这通知,她蹒跚地晃动着白发走去劝那两条狗别打架。

我站在她的身边。一天我觉得自己像个英雄力士般站在她身边时,我突然忆起那年她在山坡上教我骑马;那时她就像此刻正一边爽声大笑一边高声嚷着的她的儿媳妇一样。

我站在她的影子里看清了所有蒙古草原的女人。我深深地了解她们,我看见她们分别扮演着我额吉的十岁二十岁直至七十岁。

她们像一盘旋转不已的古老车轮,她们像循年枯荣的营盘印迹,在她们酷似的人生周始中,骑手和摔跤手们一代代纵马奔来了。

2

春季为“接羔时节”(tulčaγ)。

对牧人来说没有比这个时期更重要的了，此时迎接的不仅是生命,也是财富。女人就像她们在人类的繁衍中担当了更重要的角色一样,接羔季里,女人的作用无可替代。她们驯服(该说是劝服) 不认羔的母畜的技巧和耐心让人叹为观止;接羔中她们哼着对奶歌的情景,是草原上最动人的场面。

由于生产对象和财富、家畜生命的一体化,在游牧世界中很少有无视生命的例子(如其它世界对私生子的歧视)。游牧技术的秘密，就在于唯牧民能如对待人一样，看待家畜的生命。

为什么知识青年很少能独立地放牧一群羊？为什么外来户很难成为职业牧民?原因在于他们的血液中,缺少牧人式的文化和生命观念。

3

古老的游牧生活造就了“malčin”，即牧人。

这个词汇，这种人遍布于整个阿尔泰语系覆盖的广袤北亚。从观念到语言都是一样的，比如在哈萨克语中牧人被称为“malxe”。不用说，–čin 和 –xe，都是表示“者”的后缀。由于骁勇强悍，由于敬天爱人纯朴无欺，他们成了一种古典，成了一种传奇，成了一种被向往的完美形象。

他们仿佛被天特意生于斯土，男女老幼都悄然嵌入于自己的位置，既无一分多余，也无一分短少。生下来他们就似乎有一些天赋，比如辨识牲畜的神秘视力。但谁又都只具备自己的一角本事，所以必须女靠男、长靠幼。观察久了，只觉得那里的男女拼成一对，便活脱如一个浑然的太极。加上长者和小孩，大家各司其职，男驰骋女挤奶，老人警示经验，儿童承担仔畜——家庭便俨然是一艘草海里不沉的船。

之所以骑手喜欢歌颂母亲，不过是因为那些女性太奇妙了——她们快活、大方、强韧、宽容。生育次日便下地劳动，创造一半财富却安分随命。牧人组成的家里，男女各有不同的分工，一般说来男外女内，只是外人不知这“内”的一半有多重要。组成家的牧人在游牧活动中如乳融水，他们的游牧生产和他们的个人生活丝丝入扣，亦生活亦劳作的形态不可思议。

4

诗人纳楚克道尔吉有名篇叫作《Mini Nutug》(我的家乡)，这个词也被我反复学习过。它兼有营盘、家乡、草原、祖国几重含义——

其实我对游牧世界的理解和基础知识，不过如此而已。

——我居然敢于用那么简单的例子，用那么有限的一介牧人的日常生活，就兴致勃勃在情在意地勾画起一个巨大的世界！……因为什么呢？我对当时的动机饶有兴趣。

今天看，也许用当时我身处的学术界来分析是比较确切的：我在学术界求学，但我本能地感到四年纯粹牧人的生活，从社会地位的感铭到全面的蒙古语对思维的改造——使我不能皈依大学和研究所的学术。加之，那时的一切对我是宽容的，我的本能的异议，被掩护在人们对我能讲出的有趣细节的欣赏里。

箭头快活地飞过去了，带着清脆的唿哨，而没有碰上墙壁的折断。中文的《黑骏马》是这样，日文的《蒙古大草原游牧志》也是这样。

5

二十多年前，有一次曾经未加思索地写道，游牧草原的循环不已的历史，“也许要翻向它的最后一页了”。

这么感觉的原因，是由于那时开始出现了定居，虽然只是草拌泥房子的定居。而且，一年中迁徙的次数在减少。此外迹象还有很多，比如，一直成为大草原形象的木轮子勒勒车，有被工业生产的铁筋车取代的可能。

而今天，这“最后的一页”已经掀得雷鸣风吼。它破坏着，替代着，唆使着，蔓延着，带着粗俗而生气勃勃的欢叫，恣情地在延续了十数个世纪的旧营盘上摧枯拉朽。

环境的巨变，安宁的打破，不仅是对一种千年未改的古老心理的压力，也是对一种特殊能力的破坏——牧民们对自己不能判断感到慌乱。无力的感觉，是从未有过的。

6

游牧社会的文化，是一个伟大的传统和文化。它曾经内里丰富无所不包。无论拉水的牛比赛的马，讲起来都是一本经，套套解数娓娓动人。无论语言的体系或一个单词的色彩，分析到底都会现出真理，闪起朴素的光辉。在如此世界里，男女老幼生死悲欢，无不存在得生动感人。它深藏着一种合理的社会结构，一套人与自然的和谐关系，以及一些人的基本问题。

窥见了历史的翻页——究竟是一种收获呢，还是一种痛苦？

2011．1．辑录

张承志文学创作年表

1978 年 夏,在研究生考试后写作蒙文诗《Arat-un hu boln-a》(做人民之子)及短篇小说《骑手为什么歌唱母亲》,因后者获第一届全国优秀短篇小说奖,而开始文学道路。

1981 年 夏天,重返阔别的内蒙古草原。

10 月,毕业于中国社会科学院研究生院民族历史语言系,获历史学硕士。

12 月,中篇小说《黑骏马》完成。

1982 年 年底,第一本小说集《老桥》编成。

1983 年 5 月,赴日本东洋文库进修。参加 UNESCO 举办的暑期土耳其语基础讲座。在东京外国语大学旁听小泽重男的《元朝秘史》。

写作游牧社会学概要书《蒙古大草原游牧志》。

同时被歌手冈林信康的艺术吸引，归国前完成《绝望的前卫》。

中篇小说《北方的河》在日本校订。

1984 年 6 月初自日本归国。为梵高的绘画和故事所震撼。

是夏,再回乌珠穆沁草原。秋天,赴新疆调查。

12 月,初次进入西海固腹地的农村。此后多年,在甘、宁、新等地的农村下乡。

1985 年 6 月写成短篇小说《GRAFFITI——胡涂乱抹》,刊于同年 11 期《上海文学》。

12 月，由业师翁独健先生亲笔题署书名的小说集《北方的河》编成。

1987 年 长篇小说《金牧场》出版。

8 月调入海军创作室。

1988 年 写作下列诗体作品：

3 月，《海骚》；

4 月，《黑山羊谣》。

同时更频繁地在黄土高原农村下乡。

1989 年 第一个散文集《绿风土》出版。

3 月，《错开的花》。

6 月号《文汇月刊》发表中篇小说《西省暗杀考》。

9 月，开始写作《心灵史》。

12 月，从海军退职(复员)，辞退一切公职待遇。

1990 年 3 月，《心灵史》写成，交花城出版社。

为青年阿訇做秘书工作，校订他们译自阿拉伯—波斯文的宗教史典籍《热什哈尔》。

8 月，散文《天道立秋》写成。

11 月，赴日本。

在日本岩波书店《世界》杂志连载，并在“岩波新书”出版文库本《红卫兵时代》。

1991 年 《心灵史》出版。

日本著名中国伊斯兰学者佐口透在论文《中国穆

斯林研究的回顾与展望——民族研究所及其遗产》(刊“内陆亚细亚史研究”< 内ロアジア研究 >1996 年第 11 号)中高度评价张承志工作的学术价值。

为冈林信康的 CD《信康》写作“解说”。

日本中央公论社出版《从回教看中国》。此为第一册张承志独立使用日文写成的著作。

1992 年 在东洋文库,与友人合作学术著作《哲赫忍耶教团历史——殉教的中国伊斯兰》。

诗体作品集《神示的诗篇》在香港出版。

1993 年 4 月,就职日本爱知大学,任法学部助教授。带领学生进行“六十年代的世界与青年”讲座研讨。

在毛泽东诞辰 100 周年,应约为《世界》纪念专辑用日文写作《毛主席 Greffitti》。

1994 年 年初,提前结束契约,归国。

散文集《荒芜英雄路》出版。

1995 年 3 月,此期较为着力的散文有《三舍之避》及《心上关山》。

4 月，获中国唯一一次民间主办的、根据作者全部作品审选、每届只评一人的首届爱文文学奖。在授奖仪式上，发表《首届爱文文学奖获奖致辞》。

自是年起，连续三年赴新疆，比较和学习维吾尔文明的知识。此年赴帕米尔高原及南疆各地，并开始写作系列的阐释新疆的论文与散文：10 月，《冰山之父》；11 月，《正午的喀什》；1996 年 6 月，论文《从象牙塔到吐鲁番》；1998 年，《面纱随笔》；2001 年，《文明的入门》。

编辑了新疆题材专集，由香港明报出版为“当代中国文库精读”之一。此书并被湖南文艺版五卷本“张承志文集”收入，书题《冰山之父》。

在北京完稿的日文散文集《鞍与笔》(自己用日文写作的第二本书)在东京出版。

《张承志文学作品选集》四卷，在海南出版社出版。

1996 年 在云南农村的小村寨里，迎来元旦。散文《小寨新年》，散文集《清洁的精神》(修订版)出版。

3 月，针对攻讦及歧视，写成《墨虽浓惊无语》。

6 月，在蒙古额吉去世后，自 20 世纪 80 年代以来又一次重赴乌珠穆沁草原。

8 月,在北京家中,接待来自西海固回民区的农民朋友。

9 月,再赴南疆,在维吾尔社会深处探寻苏菲的源流。

岁末,为纪念这一年写作《让潮水三次淹没》。

《牧人笔记》出版。

12 月, 在中国作协第一届全国委员会上的表决中,就选举方法投弃权票。

1997 年 继协助在三联书店出版农民学者翻译的《热什哈尔》之后,又为这份重要史料译著《热什哈尔》的台湾繁体字版,代理著作权事务。

长篇小说《金牧场》的缩减版《金草地》出版。

7 月,赴乌珠穆沁草原。

12 月,又赴新疆。不意获知了哲赫忍耶派别的起源。在寒冬季节的吐鲁番和伊犁,度过宝贵的日子。归途再去河州、宁夏、平凉,并抵达枯水的黄河壶口。

冈林信康在日文版《北方的河》封面围带上,破例亲自撰写短文。

1998 年 散文集《鞍与笔》(与同名日文书内容不同)出版。

3 月起,主编《三联人文地理》杂志试刊。

写作发刊词《人文地理概念下诸学科的方法论问题》。此文与散文《二十八年的额吉》等作品一起,提出了"文明的内部发言""文明代言人的资格"等理论观点。

抵达以前在小说中想象的黑龙江。有意识地写作包涵复数文化的散文。是年 3 月《粗饮茶》、4 月《音乐履历》写成。

1999 年 出版摄影散文集《大陆与情感》。

为了深入了解中国南方文化,3 月赴江西,登庐山,踏查陶渊明的栗里。继赴绍兴,拜访山阴道上的名胜古迹。地理散文《水路越梅关》在准备之中。

7 月,遍游甘肃河州各县。过河入青海,西马营。再访关川。

新散文集《以笔为旗》出版,自己设计封面。

开始在大西北的清真寺,讲解学术研究的方法论。与这一实践同步的论文《寺里的学术》,已至三稿。

10—12 月，开拓新的世界学习，首次奔赴西班牙。深入地中海西部的穆斯林历史。

2000 年 3 月,再访江西。登梅岭、井冈山。

8 月盛夏,赴酷暑的乌珠穆沁草原。

是年前后,继续留意作品的学术性。它们涉及的学科分别有——

考古学:《时代的召唤与时代的限制》;

社会学:《一页的翻过》(2000 年 4 月);

伊斯兰研究:《刘介廉的五更月》《双联璧》(2000 年 7 月);

古代交通史:《水路越梅关》(2000 年斋月);

思想史:《波斯的礼物》(2000 年 6 月)。

腊月,再入黄土高原,在久别的山村,与农民朋友重逢。

2001 年 于除夕归京。

3 月,第三次游学江西,访景德镇、婺源、王安石故乡东乡、吉安、吉水、瑞金;并进入福建,拜访泉州圣友寺。

7 月赴青海,踏查祁连山脉南麓、大通河流域及扁都口、黄河李家峡以及东部农业区。

8 月，继腊月之旅后，再进旱灾中的西海固。

继续写作学术内涵的散文——

建筑：《石头的胜利》（2001 年 10 月）；

植物：《幻视的橄榄树》（2001 年 8 月）；

新疆研究：《文明的入门》（2001 年 12 月）等。

新散文集《一册山河》出版。

10 月，游浙江再上山阴道，访徐锡麟烈士遗迹。

游舟山、上海，看古代港口形势。回山东故乡。

青海人民出版社出版《张承志 20 年散文选》。

2003 年 1—4 月，第二次西班牙调查。遍走西班牙、摩洛哥、葡萄牙的历史旧地和农村。

9 月，赴新疆。在天山南北巡游新疆全境。遍及昌吉、伊犁，从库尔勒经沙漠路进入塔里木南缘，遍访昔日的旧友。

2005 年 应《南方周末》纪念苏珊·桑塔格而写作的《他人的尊严》，反被《南方周末》拒绝发表。西方“知识分子的傲慢”命题。

出版《鲜花的废墟——安达卢斯纪行》，此为对世界学习的一次总结，也是第一本描述外国的著作。

6 月，讲演河州城。

2006 年 远赴秘鲁、墨西哥三个月。了解拉丁美洲的 16 世纪及殖民世纪历史。对安第斯山腹地、亚马孙河丛林、太平洋沿岸、印第安人、殖民地及教育，白银，土豆、玉米等作物的传播，有了宝贵的认识。

为反省“文化大革命”中的血统论并纪念红卫兵诞生 40 周年，写作《四十年的卢沟桥》。

秋，赴日本两月，日本历史文化调查。

组织阿拉伯文与汉译对照的宗教典籍《曼丹叶合》的出版。

2007 年 独自以学术散文《掩卷追怀亦邻真》，纪念蒙古史业师翁独健先生诞辰 100 周年。

新散文集《聋子的耳朵》出版。

四川，松潘。经若尔盖抵达甘南。再访东乡，帮助红军流散人员。

2008 年 曲阳、龙泉关、五台山。

4—6 月，赴古巴、西班牙两个月。了解古巴的殖民时代与革命时代。在西班牙南部调查摩里斯科历史。第二本描述外国的著作、散文体的日本概论《敬重与惜别——致日本》出版。书中以对大中华天朝思想的自省、以警告中国思想界浸淫传染的大国主义危险为武器，分析批判日本明治维新以来的“脱亚入欧”国策，呼吁新的亚细亚主义。

2009 年 1 月，在海峡两岸暨香港、澳门华人抗议以色列入侵加沙的网上联合声明书上动员中国知识分子和穆斯林踊跃签字。

在《读书》杂志开设题为“尚能学否”的不定期专栏。

夏季赴柴达木盆地西端，访问荒漠尽头的马海哈萨克安置地。

10 月，再访西海固、将台堡与陈田玉。散文《重逢关川》写成。

多年神交的北庄老人家马进城逝世。用短信发出唁电。

组织印成一册农民学者研究乃格什板顶耶源流的粗糙论文集。《为泥足者序》写成，批判体制豢养的伊斯兰学者及其方法论。

2010 年 2 月，写成寓言《磨坊目击记》。3 月正式开始《心灵史》修改。

4 月,《敬重与惜别》获"第八届华语文学大奖盛典"年度散文家奖,在颁奖会上使用 1995 年的旧作《首届爱文文学奖获奖致辞》。

6 月 20 日，在北大国家发展研究院讲演，题为《常识的求知》。

6 月,全国高考语文卷采用《大河家》为试题。

夏季赴青海,新散文集《你的微笑》由青海人民出版社出版。

动员西宁穆斯林援建的哈萨克马海安置区清真寺建成。

总结对从祁连山到积石山的甘青边界地域长达十数年的文化追究,发表《凡生命尽予收容》。

11 月,再访日本,在明治学院大学发表日文写作的讲演稿。题为《四十年之初衷未曾敢弃》(敢えて四十年の初心を抱えて)。

2011 年 2 月,第二次倾注全力于《心灵史》的修改。

夏季赴青海即写即编,编成绘画、速写、草图合集的美术散文集《涂画的旅程》,9 月出版,邀请各族农村友人聚会。

9 月,《心灵史》修订版完成。在西北两座城市前后进入编辑阶段。编辑过程中,仍有重要的修改。

2012 年 《心灵史》改定版 750 册以真皮封面、银徽嵌饰、毛笔签字、孤版钤封的豪华装帧问世。书上明印对读者的允诺:收益将全数用于扶贫。5 月 24 日,精印的成品运抵北京。7 月上旬,书以每册 1500 元的收藏价格销空。

9 月 7 日,前赴中东。

9 月 12—15 日,在约旦境内的巴勒斯坦难民营,将《心灵史》改定版所获收益实施捐献。一共对五个村庄、计 476 户巴勒斯坦难民及约旦穷苦农民,捐献了十万美元。五次演讲《越过死海》。

10—11 月,在上海亚洲思想论坛、南京大学、复旦大学以及北京,共五次公开汇报此次巴勒斯坦难民营的捐献行动。

为强调少数民族的母语权利,长篇散文《启蒙的历程》发表。

2013 年 4 月,短暂韩国之旅。9 月,念盼的土耳其之旅实现。震惊于奥斯曼帝国的文化辉煌,流连忘返。

10 月 26 日，在日本中央大学骏河台纪念馆，用日语进行最后一次以《心灵史》收益援助巴勒斯坦难民行动的宣传讲演。题目:《从红卫兵到巴勒斯坦》。

2014 年 9 月，再访马来西亚。再次观察马六甲海峡，特别在新山感受东南亚的殖民时代。

9 月 19 日，在《回族文学》2014 年特别奖授奖仪式上宣言:自己追求的人生大奖是“ رضوان الله (Riḍwan Allah)，主的喜爱”。

12 月，上海文艺出版社《张承志文集》12 卷，分平装、精装出版。

同期，北京东方出版集团《张承志作品系列》10 卷，按内容分类出版。

2015 年 最新散文集《越过死海》由上海文艺出版社出版。

《敬重与惜别——致日本》日文版《中国与日本——把批判之刃对向自己》经五年之久的翻译，在日本亚纪书房出版。

2016 年 描述朝觐、呼吁伊斯兰与世界上一切进步人群结合的长篇散文《英特那雄纳尔一定要实现》写成。同时，尝试解读《古兰经》思想的长篇笔记《轻轻地触碰》，分三期在《读书》杂志发表。

2016 年至 2018 年 在汉口、虎门、淇澳岛、澳门、香港、湛江、广州等地旅行，考察中国半殖民地遗迹。

在日本北海道、鹿儿岛、长野、佐渡岛，继续进行日本历史调查和求学之旅。